KB266714

덥석,

이야기 詩
덥석,

김남주 시집

夢而思 학이사

시집을 엮으며

나는 오랫동안 시를 쓴다기보다
시간에 붙들려 적어왔다.
젊은 날에는 몰랐다.
시가 무엇인지도
내가 어디로 가고 있는지도
사람은 앞으로 걸어가지만
마음은 자꾸 뒤를 돌아본다.
그저 견디는 날들 속에서
말이 생겼고
그 말이 쌓여 한편 한편의
시가 되었다.
돌아보면
시를 쓰기 위해 산 것이 아니라
살아내다 보니 시가 남아있었다.
이 시집은
잘 쓰인 문장을 모아놓은 책이 아니다.
내가 건너온 시간의 마디들을
하나씩 풀어 다시 감아본 기록이다.
어떤 날은 후회였고
어떤 날은 다짐이었으며

어떤 날은 차마 놓지 못한 아픔이었다.
세월은 흘러갔다고 말하지만
나는 아직도 그 끝자락을 쥐고 있다.
덥석,
미완의 그릇인 채로
아직도 흔들리는 사람으로
다시 이 시들을 묶는다.
이것이 나의 세 번째 고백이며
지금의 내가 할 수 있는
가장 정직한 인사다.
나는 이 시집에서
세월을 붙잡고 싶지 않다.
다만 한 자락을 말아 쥐고
그 온기를 오랫동안 느껴보려 한다.
세월은 흐르지만
나는 지금에 머물고 싶은 것이다.

2026년 봄에
자헌 김남주

8

1부

나그네를 반기는
바람 한 점

세한도歲寒圖

어디론가 떠나고 싶을 때 가장 먼저 떠오르는 곳 양평 두물머
리의 새벽녘은
시리도록 차갑고 파랗게 내려앉은 고요함만 있을 뿐 나그네를
반기는 바람 한 점이 없다

가쁜 숨 편히 뱉으며 홀로 내딛는 본성을 향向한 더딘 발걸음
느림의 미학을 비웃는 듯
강물을 희롱하며 미끄러지듯 헤엄치는 물병아리 서너 마리가
전부인
적막에 휩싸여 멈춰진 강변

서있는 나무들도 미동조차 없어
설렘을 감추며 조심스레 내딛는 발걸음 소리는
슬그머니, 무심하게 흐르는 강물 속으로 자취를 감춘다

만남은 돌고 돌아 이어지는 강물임을 증명하듯
시작점이 다른 두 개의 물줄기가 만나 큰 흐름을 만들어 이어
가는 신천지요
한강의 들머리인 두물경에 서서

나는, 하릴없이 두 발을 정갈히 씻고 흐트러진 마음의 옷깃을
여민다

터벅터벅 걷다 보니 눈에 들어온 두물나루터
변함없이 지키고 선 소원나무 가지에 싸매고 온 훗날의 염려를
매달아 두고
한 발짝 옮겨 닿은 400년 수령의 두물마을 정자목을
한 바퀴 돌아내며
마침 떠날 채비를 마친 뱃사공의 한이 서린 황포돛배에
병아리 오줌만큼의 짐을 실어 미련마저 떠나보낸다

잠시 동안 익혔던 정겨운 풍경과 아쉬운 작별을 고한 후
배다리*를 건너 다다른 곳은
물과 꽃의 나라 세미원洗美苑이다

觀水洗心
물을 보며 마음을 씻고
觀花美心
꽃을 보며 마음을 아름답게 하라는…

세미원洗美苑 입구에 자리한 약속의 정원인 세한정에는
추사 김정희가 제주 유배 시절
지극정성으로 책冊을 보내준 제자 이언적에게
1년 중 '가장 추운 날'(歲寒)을 그려
고마움이 담긴 편지와 함께 나눠준
세한도歲寒圖(寫本)가 있다

  먼 과거, 선각의 글 속에서 읽히는 작금의 불가사의한 정국을
예견이나 한 듯한 절절함에 모골이 송연할 지경이다

  편지의 내용인즉

  - 지난해에는 만학집과 대운산방집, 두 가지 책冊을 보내
왔더니 올해에는 백이십 권이나 되는 우경문편을 또 보내주
었네 이런 책들은 흔히 구할 수 있는 것들이 아니라 천만리
머나먼 곳에서 사들인 것으로 한때 마음이 시켜 할 수 있는
일이 아니네 또한 세상의 도도한 인심은 오직 권세와 이익
을 좇거늘 이렇듯 마음과 힘을 다해 구한 신중한 책들을 권

세와 이익을 위해 사용하지 않고 바다 멀리 초췌한 늙은이에게 보내주었네 마치 세상 사람들이 권력가들을 떠받들듯 말일세 태사공께서는 권세와 이익으로 어울린 사람들은 권세와 이익이 다하면 서로 멀어지게 된다고 하셨네 그대 또한 세상의 도도함 속에 사는 한 사람일진대 그 흐름에서 벗어나 초연히 권세 위에 곧게 서서 권세와 이익을 위해 나를 대하지 않았네 태사공께서 하신 말씀이 틀렸단 말인가 공자께서는 날씨가 추워져 다른 나무들이 시든 후에야 비로소 소나무와 잣나무의 푸름을 알게 된다고 하셨네 소나무와 잣나무는 시들지 않고 사시사철 변함없지 않은가 추워지기 전에도 송백이요 추워진 후에도 그대로의 모습이니 성인께서는 추워진 후의 소나무와 잣나무의 푸름을 특별히 말씀하신 것이라네 그대가 나를 대하는 것은 그전에 높은 지위에 있을 때라 하여 더 잘하지도 않았고 귀양을 온 후라 하여 더 못하지도 않았네 이전에 나를 대하던 그대는 크게 칭찬할 게 없었지만 지금의 그대는 성인의 칭찬을 받을 만하지 않은가 성인께서 소나무와 잣나무를 크게 일컬으신 것은 단지 시들지 않는 곧고 굳센 정조만이 아니라 추운 계절에 마음속 가득 느끼신 무언가가 있어서 그러하셨을 것이네 아아!

서한시대 그 순박한 때에 금암과 정당시 같은 어진 분들도
그들이 성하고 쇠함에 따라 찾아오는 손님이 많아졌다 적어
졌다 하였네 오죽하면 하비 사람 적공도 야박한 인심이 극
에 달했다고 대문에 써붙였겠는가

        - 슬픈 마음으로 완당 노인 쓰다

* 배다리: 배 44척을 이어 묶어서 만든 주교舟橋(240m)

목련차 木蓮茶

"조강 276 월곶면 조강리 276
김포 거점센타 DMZ 평화의길"

북한의 황해도 땅이 지척에 바라다뵈는
김포, 애기봉愛妓峰근처의
여행자 숙소다

거기엔
KTX의 숨 막히는 질주도
소독내음 짙게 밴 병동의 가파른 계단도
신神을 부르는 안타까운 기도祈禱도
아무것도 없다

오직

백악기*시대부터 현대까지 살아남은
최초의 꽃 중의 하나로
우아하고
아름답고

탐스럽게 피어나는
흰색과 자색의 꽃, 목련꽃 향

활짝 피기 전
앙증맞은 꽃봉오리를 채취해 말린
은은한 허브향을 품은 목련차木蓮茶

모락모락
코끝을 간질이며
온몸을 휘감고 스며들어
절로 쉼을 챙겨 안기는 숨터인

그 찻잔 속에는

수고한 이들의
따뜻한 마음과 정성까지 담겨있어

고단한 나그네의
남은 생生이 잔잔하게

위로처럼 일렁이고 있을 뿐이다

* 백악기: 쥐라기 후, 중생대의 마지막(세 번째) 기

비상飛上 · 1

여지껏 뭘 하며 살았지
그냥 나답게 살았지 맞아 나답게
나다운 삶은 어떤 삶이었지
그 답을 찾기 위해 아직 살고 있는 것이지

추락하는 것은 날개가 있다 하여
날아보자 그래 한번 날아보자며
추락을 꿈꾸는 이가 있을까

시공간이 바뀐다 해서
변화될 수 없음을 알면서도
고질화된 열망과 집착을 놓지 못해
핑곗거리를 찾고자 하는지도 모른다

인간은 만물의 척도라 했던
프로타고라스의 상대주의 이론을
생각해 본다

바라다보이는 시각도

저마다의 어깨에 지워진 짐도
스스로 챙겨야 할 몫도
각기 다름이 분명할진대

삶을 투영해 보기 위한다는 명목만으로
수평, 때론 수직으로의 비상을 꿈꿔보지만
자기 발견과 자아 투시는 요원하기만 하니
삶의 춤사위에 몰두하느라
정작, 한 번도 제대로 된 춤을 춰보지 못했다면
스스로에게 슬픈 독재자였음이 분명하다

잠시 머물다 물러나는 순례자가 되거나
먼발치에서 타인의 삶인 양 외면하지 말고
긍정의 에너지로 제때 브레이크를 밟고
스스로를 부추겨 신뢰하고 감독하여
지킬 박사와 하이드는 되지 말아야지 암만

비상飛上·2

나는 오늘
새삼 지나간 시간의 단층을 잘라
절개지에 드러난 세월의 지문을 들여다봅니다

꺾여 널브러진 가지 몇 개가
얼룩진 시야를 가립니다

말간 바람 불어오고 하늘이 쾌청해도
매몰찬 계절은 주눅이 든 가슴을 외면하네요

남겨둔 그곳에서 훔쳐 온 눈물 한 줌도
위로가 될 수 없다는 것을 이제서야 깨닫습니다

건너온 먼 하늘 아래 세웠던 꼿꼿한 자존감도
사상누각임을 알게 된 오늘, 나는 비행을 꿈꿉니다

너무 높지도 어지럽지도 않은 선택 말입니다

하나를 잃으면 또 하나가 오늘을 여는 손에 쥐어지고

빈 뜨락은 어느 순간 채워져 볼상사납진 않을 테니
스스로 손 내밀어 문고리를 잡아보려 합니다

챙길 수밖에 없는 비겁함에 휘둘려서가 아니라
한순간도 그냥 놓아둘 수 없어서 그렇습니다

이렇게라도 마주할 시간이 아까운 때문에
조금은 버거운 오늘이지만 당당히 끌고 가보렵니다

무릎

마음의 무릎을 세워 찾아 나선 겸손한 영혼은 맑은 가을 하늘이다
오염도는 민낯에 가깝고 탈탈 털어봐도 이삭 한 톨 줍기조차
힘들다
초점을 잃어버린 무심한 영혼인 듯하여도 가늠하는 시선의 높
낮이를 교란시킬 뿐
가벼운 실증이나 사실적 논리로도 대변될 정도는 아니니
절박타 하여 무릎을 꿇은 군상들의 초조함은 어쩌면 사치나
교만이며
스스로 자신이기를 거부하는 포기이며
남 탓을 하기 위한 음흉한 계획의 부끄러운 영역이다

나는 나이고 우리는 우리이며 너는 너이고 너희는 너희라는
성문화된 것보다 더 단단한 관계가 우리네 삶의 저변에 자리해
있는데
겨우, 관절 하나 꺾어 행로를 바꾸려 함은 무모하고도 어리석
은 선택의 수순이다

잠시, 모면을 위한 아등바등이 아니라
의지와는 상관없이 끊임없는 채찍질로 간섭하는 내면의 목소

리를 통해
  자신의 삶을 돌아보며 성찰해 보라는 은근한 권유
  외로움을 핑계 삼아 작은 매듭이라도 하나둘 묶어 갈무리하고
픈 정갈한 선택이며 실천이다

  덥석 무릎을 꿇어 항복의 수순을 밟는다거나 한 걸음 물러난
긴장 속 당연한 처분을 기다리는 비겁함이 아닌
  사실적 접근이며 길고 짧은 소견의 가늠을 간절히 필요로 할
때 사용해야 하는 마지막 적절한 처방이라는 생각이다

  적어도 人間이고 싶은
  가난한 자의 확신에 찬 최후의 선택이니

  오늘도…

  무릎은 이제껏처럼 구불구불한 길을 애써 구부렸다 펴가며 아
무런 일도 없다는 듯 발걸음을 이어갈 것이다

독수리의 눈 (Eagle eyes)

높은 산에 올라서서 보면 육중한 트럭이 성냥갑이나 장난감 자
동차가 되어 굉음도 위협도 없다
아파트나 고층 건물도 손자들의 미니어처가 되어 삭막함이나
위축감도 없어진다

거미줄처럼 얽히고설킨 복잡한 도로도 한눈에 들어와
찾아보는 재미에 빠져 외려 눈을 뗄 수조차 없어진다

시와 산문은 물론 독해가 쉽지 않은 문학서적까지도 가리지 않
고 찾아 읽으며
독수리처럼 살기를 원했고 뛰어난 시력을 가진 독수리의 눈을
부러워했다는 마종기 詩人

시 한 편을 쓰고 신열에 힘겨워 낯을 가리고
쓰러졌다 다시 일어나 쓰고, 지우고를 반복하다 풍에 걸린 듯
떨리는 손을 비비곤 하면서
좁아지는 시야를 두려워하며 홀로 눈물을 흘렸다는 老詩人의
고백

나도 그분처럼 가끔은 곡해曲解되는 세상살이에 지칠지라도
삶의 애환에 아파하는 사람들의 형편을 들여다보는 혜안으로
그들의 마음을 읽고 위로하며 그들의 마음이 내 마음과 같기를
기도하며 애쓰시던
그분을 닮아 독수리의 눈을 부러워하며 살아가기를 기도하며
다짐해 본다

마침, 교육을 주제로 한 방송 대담프로에 출연해 평소 모임의
건배사로 사용하는 주전자라는 단어를 삼행시로 풀어내는 어느
노교수의 담백한 언어를 따라가다 보니 절로

'주인정신'
'전문성'
'자긍심' 에 담긴 교육적 가치가 눈에 들어온다

"주전자"를 기초로 한 천이과정 속 순간포착은
삭막한 사회에서의 배려와 양보를 만나 상식적으로 길을 헤쳐
나가는 로드맵이 되고 상생하는 토양의 밑거름이요 설계도가 되
고 때때로 덤으로 얻어지는 영역, 탁월한 보편적 가치를 소유하

고 무한한 가능성 속을 유영하는 자유, 그 무엇과도 바꾸고 싶지
않은 기운을 마주할 수도 있음은 금상첨화가 아니런가

돈돈돈

'너의 재물이 있는 곳에 너의 마음도 있느니라' 聖書에 있는
이야기다
　피조물 중 으뜸인, 만물의 영장이라 불리는 우리의 숨길 수 없
는 본능이다

물물교환으로부터 시작된 화폐의 역사는
가히 놀라운 변화를 거듭해
가늠하기 힘들 정도로 무소불위의 위력을 행사하며
삶의 대부분을 장악하고 있음은 주지의 사실이다

먹고 먹히며 반복되는 싸움
뺏고 빼앗기는 찬탈과 승복의 엇갈리는 기로에서조차 위험한
동행을 마다 않는 끝없는 질주는
결과적으로 소유와 누림을 위해서가 아니겠는가

영토확장을 위해 국력을 모두 쏟아붓는 나라
검은 진주를 두고 벌이는 오일전쟁
핵 보유국 인정 요구와 단호한 불허로 인한 갈등 속 일촉즉발
의 위기에다

최근 들어 자동차, 반도체, AI
무장집단 세력의 무자비한 처형, 학살, 테러행위 외에도
포도, 커피, 다이아몬드, 종교전쟁 등이 말해주듯이
돈 앞에서는 그 누구도 자유롭지 못한 것이 사실이다

비굴하지 말자
노예만은 되지 말자
수없이 다짐하면서도…

그 위력 앞에 서면 자신도 모르게 무기력해지는
부끄럽고 아픈 경험을 아직 해보지 않은 이가 있다면
그는 행운아이기 이전에
지지리도 복이 없는 사람일 것이다

 한 번도 치열하게 살아보지 않고 처절한 고통을 겪어보지 못한
이가 어찌 인생의 참맛을 알겠는가
 돈을 수단으로 생각을 해야지
 목적으로 생각하는 순간 불행이 시작된다 하나 어불성설이다
 작금의 현실과는 너무 동떨어진 얘기 아닌가

순간의 잘못된 판단이나 사업 실패로 길바닥에 내몰린 식구들
이 졸지에 이산가족이 되고
　얼마간의 수술비도 마련을 못 해 꺼져가는 생명 앞에서 발만
동동 속수무책인 많은 사람들
　일일이 예를 들지 않아도 몇 푼의 돈에 울고 웃고
　자존심도 헌신짝처럼 내팽개치는 돈 앞에서 너무나 약해지는
사람 사람들

　아무리 기를 쓰고 쫓아가 봐도 잡히지 않는 요원하기만 한 신
기루처럼
　실소를 자아내게 하는 가십거리들을 얼마큼 더 보고 듣고 겪어
내야 끝이 날꼬
　세상은 그렇게 굴러가는 것이라며 체념코 감나무 아래에서 홍
시 떨어지기만 바라고 있어서야 되겠는가

도서관 찬가 圖書館 讚歌

숨죽인 도시都市는
헤아릴 수 없이 많은 것들을 품고 있지
거리거리 마당엔 각기 다른 개성의 소유물이 넘쳐나고
저마다의 사명감을 바탕으로 한 역할 분담의 표본이 정직하게
존재하고
아직 만나지 못한 감동들이 무한대로 가지런히 꽂혀
찾아와 줄 누군가를 기다리는 애틋한 공간이지

수집蒐集, 정리整理, 보존保存 등의 재산을 앞세워 늘 당당하고 어
쩌면 도도하달 수도 있는데
그 도도함에 맞서기보다는
겸손을 가장하더라도
시민권市民權을 챙겨 한편에 붙박이로 자리하고 싶은 이유도 있고
사실은 자본주의 사회資本主義 社會에서 무료로 지식을 얻을 수
있는 몇 안 되는 장소이기도 하니까

그 영역領域은
우울한 침묵의 영혼을 삶과 희망의 파도 속으로 다다르게 해
기적 같은 빛으로 깊은 바닷속에 착상하도록 길을 열어주고

스스로 진화進化해 갈 수 있게 도움을 주기 때문이지

균형 잡힌 아름다움이 진정한 아름다움인 것처럼
균형 있는 삶을 이어가기 위해서는 적절한 에너지가 필요하고
그 에너지는 빗나간 욕망을 잠재우고 성장에 투자되어
삶의 질을 높이고 저항력을 키워 남은 생을 성숙하게 살아낼
척주脊柱*가 되는 것을 알고는 있지

아름다운 언어言語
치명적인 언어
슬프고 외롭고 두려운 언어… 들 속에 머물며
허기진 본질적인 고통에서 해방을 바랄 뿐
언어에 중독되어 은신처를 찾고자 함은 아니지
맞아
미량의 독이 묻은 책일지라도 침 발라가며 넘길 수 있을 것 같
아서 좋은 거고
해거름 녘 붉게 물들어가는 서산 노을을 손차양 하지 않고도
활자들 그림자에 기대어 바라볼 수 있기 때문에 좋은 게지

가장 희미한 별을 찾기 위해 새벽 4시의 문을 열어놓고
어둠이 동그랗게 나를 주시하는 하늘을 향해 띄워 올린
꿈 하나에 둘러싸인 모호한 경계의 울타리가
사립문 하나 만들어 길을 틔우고 마는 기적을 만날 수 있는 방
법을 찾아서도 그렇고

이미 기원전紀元前에 발견했던 지동설地動說과 지구가 둥글다는 것
뇌가 장이나 신체를 조종한다는 것에 대한 지식知識이 보관되
어 있다는 보편적인 역할을 넘어
영상, 비디오게임, 마이크로필름, 각종 디지털 자료에 이르기
까지
나날이 광범위하게 세를 넓혀가는 것을 목도目睹하며
좁은 소견으로 이쯤에서 더 진화는 멈춰지기를 소망하며
책을 사랑하여 책과 가까이하는 것을 즐겨하는 모든 현자賢者들
의 선택과 혜안慧眼에 박수를 보낸다

　　* 척주脊柱: 척추뼈의 기둥

도적 盜賊

성서聖書에 마음이 가난한 자는 복이 있다고 하였으나
나는 거기에 한 마디 더 얹고 싶다
마음이든 돈이든
가난한 무지렁이는
천하에 둘도 없는 도적놈이라고 외치고 싶은 것이다

찬란한 황금빛 얼굴로 창문을 두드리며 손 내밀어도 나는 네게
줄 것이 없다
부드러운 미소로 휘영청 아무리 날 유혹해도 나눠줄 것 하나
없단 말이다
두 눈을 크게 뜨고 구석구석 살펴봐도 원하는 것을 찾을 수 없
음이니
아서라 도적놈아 제발 흑심을 거두고 물러서거라
내 가난을 더 가난케 하는 우愚를 범하지 말고 가거라
가거든 다시는 올 생각을 말아라

저승 갈 때 여비가 없으면 어떡하지 걱정하며
막걸리 한 잔을 따라 빈촌의 막바지 대폿집 찌그러진 상 위에
올려놓고

제사를 지내면서도 당당했던 千祥炳 詩人만큼은 아니어도
타고난 천성이 가난한 까닭에
단 한 번도 완벽하게 흡족한 삶을 살아본 적도
화려한 부자인 적도 없는 나를 이해하거라
2프로가 모자란 것이 아니라 똥구녁이 찢어지도록 가난하기만
했던 나는
부끄럼조차 사치라 여겼으니 도적놈이라 불리고도 남을 만하다

백수白手라는 영역에 몸을 맡긴 지금에서야
도적이라는 이름을 떼고 비로소 자유로이 유영하는 구름이 되
었다
외로움은 반대될 말을 찾기 어렵다 하니
그 존재만으로 감사하고
기쁨과 슬픔, 이룸과 미완, 만남과 이별, 사랑과 미움, 그 외에
도 많은 것들 앞에서
고민은커녕 그리될 것은 그리되리라 유유자적悠悠自適할 수 있
으니
그것만으로도 충분치 아니한가
또한 족쇄에서 해방된 것이 아니라

미뤄둔 결행을 시도해 더 이상의 좌충우돌은 없을 테니
이 어찌 기쁘지 아니한가

도적들의 소굴을 빠져나오지 못하는 스스로를 바라보며
다독이고 격려하며 추슬러야 하는 노심초사로 버겁기만 했던
고단함은 물리고
이제부터라도 꼼꼼한 손길로 남은 여백을 채우며
한 점 후회 없이 머물다
어느 해 가을 즈음 낙엽이 바스락 귓전으로 파고드는 날 건너
편 산허리에 걸린 한 점 구름이 되어 하늘로 향하리라

추억의 터널

희망의 끈을 놓지 않고, 마음 하나 묻을 곳 찾아 헤매던 씨앗은
끝내 원하던 땅을 찾아 정착의 터전을 마련하고
거기에 또 다른 소망을 심게 된다
뿌리를 내리고 세상에 몸을 맡긴 순간
크고 깊은 호흡으로 닫힌 눈이 열리고
가지마다 피어난 초록빛 날개 사이로 바람의 유희遊戱가 자리하면
몇 개의 계절을 갈아타며
높게 더 멀리 날기를 원하는
꿈같은 추억여행은 시작된다

봄이 한 뼘씩 자라기 시작할 때 곡우에 풍년비가 내려주길 기
도하며
나무는
곳곳에 자리한 수관을 열어 여리디여린 연둣빛 꿈을 채운다

수은주가
일렁대는 붉은 아침으로 인해
진땀을 흘리기 시작하고 여름도 더위에 지치는 때가 되어
진초록 물감, 듬뿍 찍어 온몸을 감싸고

지나는 바람을 불러 숨을 고르다 보면 열정은 고개를 숙인다

나무 사이로 오색 빛 햇살이 작열할 즈음이면
관조는 경지에 도달해
낙엽 스치는 소리에도 요동치듯 치명적인 아름다움이 창조되고
또 하나의 전설이 막을 올리는 것이다

갈무리를 마치고 계절의 끝자락에 서는 날
인고의 계절이라는 그럴듯한 이유를 앞세워
나목이 되기를 주저하지 않고 정 깊은 잎새들과의 이별을 서두
른다

뿌리도 없이 버텨온 지난날들을 생각나게 하는
잡석도 보석이 될 수 있다는 인간 세상의 어지러운 총총걸음을
내려다보며
상상 속 푸른 이끼를 엮어 온몸에 칭칭 두르고
이제는
하루치만큼의 고뇌는 접어 깊숙이 갈무리해 둔 채
다시 와줄 봄을 향向한 천변만화千變萬化의 꿈속으로 빠져든다

단호한 침묵沈默

1

가장 아름다운 언어言語가 침묵이라 함은 존재 그 자체만으로도
필요충분조건을 갖춘 때문이란다
　존재存在의 집이 말(言)이라 하니
　더더욱 침묵 속에 세월의 흔적을 켜켜이 쌓아두어야 할 것이다
　철저하게 혼자만의 소유를 위한다거나, 마법의 시간으로 돌아
가려는 것은 아니다
　착취를 위한 전쟁을 준비하는 것도 물론 아니다

　행여 호시탐탐 탈출을 도모하는 언어의 외도를 막아야 한다는
단호한 생각과
　적어도 사랑을 위해 심혈을 기울여 차린 식탁을 뒤엎지는 말아
야 하고
　휴머니즘을 앞세워 그럴듯하게 포장하는 실수도 비껴 가고
　확연하게 구분이 되는 흑백논리보다는 애매한 회색이 이 시대
를 살아가는 우리에게 덜 해롭다는 인식을 심어주기 위함이다

　영원히 변치 않을 것 같았던 질서가 무너지는 참담함을 보지

않기 위함이며

　홍정과 타협으로 포장된 배신 그리고 굴복으로 이어지는

　거짓이 진실보다 쉽게 먹히는 세상에서 밀려나는 참담함을 피

해 가기 위함이다

2

　광활한 초원을 거침없이 누비며

　하얀 꿈을 좇는 초롱한 눈망울의 요정이여

　깃털처럼 가벼이 늘 순응하며 가게 하소서

　교차점交叉點에 서면

　예민한 감각들이 춤을 추지만

쌓인, 일상의 고단함이나 아쉬움은

지나간 시간들 몫으로 놓아두게 하소서

행여, 부지불식간에 놓치거나

감추고 싶은 상처가 하나쯤 있을지라도

살아오는 동안 굴곡屈曲 없던 시절이

단 한 번이라도 있었던가 생각하게 하소서

부재不在 그 한정된 시간이

짧기만을 기도하며 응원하노니

으쌰!

허락된 쉼 속에서 여유를 찾고

놓아둔 사유를 챙겨

옴팡지게 갈무리하게 하소서

다반사 茶飯事

무거운 주제가 흐르는 험로는 아니었지만
넘어야 할 산들이 하나둘이 아니었다
가쁜 숨 몰아쉬며 온몸으로 겪어낸 여정…

남겨진 인생의 과제 중에서

외면할 수 없는 것들 중
책임 몇 가지 정도로만
간편하게 꾸려진 보따리를 둘러메고

기억 저편에 오래 비워두었던
냉랭했던 삶의 터전
그 돌아가고 싶지 않은
낯선 장르를 찾아 나선 길에서
현실과 이성의 충돌은 이미 예견된 수순

자유이용권을 받아 든
무늬만 자유로웠던 지구별 여행자는
생의 올레길 구간 구간을 섭렵하는 사이

운명적인 만남과 헤어짐을 경험하며
만남은 돌아 돌아 이어지는 강물임을
절대 잊어서는 안 된다는 것을 알았고

자유의지의 구속과 속박으로
뒤엉켜 등장한 딜레마,
그 암울한 경계선상에서
오히려 질서와 안정의 피난처를 찾았고

차츰 체득한 영역에 익숙해지며
피로와 목마름,
시장기를 달래는 법도
순응하는 마음을 열어 갈무리해 두었다

외진 곳에 머물며 마주했던
잠깐의 신기루 속 격정의 카타르시스는
가까운 장래에 도래하게 될
화룡점정 결행의 순간을 위해
오늘은 묵묵히 추억으로 자리를 지킬 뿐이다

단풍丹楓의 전설傳說

얼마지 않아 우리는
설악 우듬지를 시작으로
백두대간을 타고 내려, 물길 건너 한라에 다다르는
붉은 기운의 치명적인 매력에 온 마음을 내어주게 될 것이다

그렇게 또 하나의 전설은 시작되고
그렇게 가을은 우리 곁에 한참을 머물다 갈 것이다

한 알의 작은 씨앗도
바람과 물, 달빛과 안개 속에서
우주의 물줄기와 접맥을 해야
꽃을 피우고 열매를 맺는다

그물에도 걸리지 않는다는 바람의 유희에 춤을 추고
영롱한 아침이슬로 낯빛을 바꾸며 한 철을 잘 살아낸
단풍의 전설은
모태를 떠나 계곡물에 몸을 실은 순간부터
세월의 관조를 위해 재탄생한
가을을 품은 한 폭의 산수도山水圖 속에 머물게 되고

침묵 속에 감춰두었던 기억을 토해내는, 금이 가고 반짝이는 날
잠시 숨죽였던 가을 이야기는 다시 시작되는 것이다

금이 간다는 것은 또 다른 세상으로 가는 통로를 만드는 것이며
반짝이는 것은 짙은 어둠을 거쳐왔다는 반증이니
나를 향해 팔매질을 해서라도
틈을 만들고 빛을 불러
나에게서 나를 놓아주고
내 몸과 마음이 텅 빈 도화지 속에 오색 빛으로 자리해
긴 기다림을 위한 새로운 이야기가 아름답게 펼쳐질 수 있도
록 배려하는 것이
계절을 사랑하고 가을을 향유하며 나아가는 또 하나의 낭만이
아닐까

헐떡이는 에스컬레이터

쉽게 당겨지는 줄이 있을까

국립암센터 본관 2층 내시경실 앞에는 쥐고 싶지 않은 줄이 있다

청사靑蛇의 해 초입부터 그 줄을 서왔다

일분일초라도 더 목숨줄을 지탱하고 이어가기 위해 줄을 서는
것이 일상이 된 지 오래지만 아직도 많이 서툴다

검사실 앞 대기 줄이 오늘따라 더 길다, 마치 청사의 긴 꼬리처럼

병실 앞 의자에는 기다림에 지쳐 누구는 졸고 있고 누구는 간
호사 선생님의 분주한 입술을 노려보며 자신의 이름이 속히 불리
기만을 기다린다

그때 누군가 쿵 소리를 내며 바닥에 쓰러진다

하얗게 빛바랜 떡진 머리에 창백한 얼굴의 노인이다

온통 사람들의 시선이 쏠린다

걱정스럽지만 서로 눈치만 살피며 누구 하나 선뜻 나서지 못하
고 웅성대는 사이

아버지 !

에스컬레이터 쪽에서 달려와 외마디 비명을 지르며 순식간에
쓰러진 노구를 감싸안아 일으키는 당혹스러운 얼굴의 여인이다

떨리는 손으로 조금만 힘주어 쥐면 바스락 부서질 듯한 노구를
조심스레 부여안고, 감싸안고

쏟아지는 시선들을 피해 두리번거리면서도 간절함 하나로 대
기 줄을 찾는다
얼마나 더 이어질지 모를 동아줄이라도 잡기 위해…

침대

기댈 곳 없는 허공을 손에 쥔 건강 하나가 통째로 빠져나간 뒤
누가 보든 말든 오랜 시간 그 온기를 붙잡고 사정했지 제발 식지
말아달라고 허전해도 좋으니 내음만이라도 거두어가지 말아달
라고 말이지 만약 내가 저 자리를 차지하고 눕는다면 입구에 큼
지막하게 만원사례라 적고 출구는 꽝꽝 봉인해 둘 생각이었지 한
번도 만난 적 없는 저승사자가 지옥으로의 초대장을 들고 찾아올
때까지…

침묵으로, 가늘어지는 뼈대를 주저앉히고 가림막도 없이 뿌리
까지 드러낸 영혼을 위해 감춰둔 촉수를 내밀어 다독이며 추슬러
생을 전향시키고 탈출 성공을 이끌어내 마침내 침대가 비워지고,
시간을 역류해 살아나는 벅찬 결과를 손에 쥘 수 있게 해주는 게
지

- 가까운 과거에 회생의 가능성이 점점 옅어져 가는 지인
의 문병을 다녀왔다 빗물에 젖은 블록을 지나 두 손에 간절
한 기도를 담고 하나하나 계단을 딛고 오른 병동엔 앙상한
가슴에 가녀린 숨결을 담고 신을 부르는 애달픈 눈빛이 있
었다 절로 흐르는 비감의 눈물이 마른 가슴을 아프게 적셔

이승과 저승의 경계선 마냥 정적이 흐르는 폐쇄된 공간에 잠시 머물다 비가 그친 것을 핑계 삼아 서둘러 문밖을 나서 하늘을 올려다보며 예전이나 다를 바 없는 하늘임을 확인하고 마음을 꺼내 닦고 닦으며 기원해 보는 생명의 안부는 공허하기만 했었다 -

가보지 않아 타보지 못했지만 시베리아 횡단 열차에도 있다지 우리나라에는 무늬만 행정부의 수반인 국가서열 1위가 1년에 한 두 번 탈까 말까 한 특별열차에나 있을 법한데 그것도 목도를 못했으니 알 수가 없었는데 치마 두른 '모지리'가 일명 '허풍도사 명氏'를 만나 국정농단을 협의했다는 보도자료를 통해 본의 아니게 알게 되면서 그 열차에 있음 직한 침대의 용도에 대해 불현듯 상상해 보다 씁쓸한 마음에 조용히 생각을 접었었지

몸을 누이면 편안한 곳으로만 알고 있던 침대가 축구장에서는 빛 좋은 개살구로 대접받는 선수나 내가 냅네 하면서도 몸을 사리는 비겁한 스타 선수가 욕辱을 바가지로 먹는 자리이기도 한다지 크나큰 문제로 대두되었고 최근에는 TV 캠페인성 광고에도 등장하는 환경호르몬 물질 정도는 아랑곳하지 않고 찾아드는 방

방곡곡 구석구석의 러브호텔에서는 소속 미상의 혼성 레슬러들이 강렬한 비아그라의 힘까지 빌린 항암 주사로 세기적인 사랑을 불사르기 위해 수시로 드나들며, 요란하고 야시시한 행위에 술 경기가 펼쳐지는 것 또한 침대가 생산해 내는 이야기 중 하나임은 암암리에 알고 있는 흑역사 아닌가

지난한 과정을 거쳐서 만들어지고 많은 사연들이 담겨 각기 다른 모습으로 존재하는 침대가

어학사전에는

'침대寢臺〈명사〉 사람이 누워 잘 수 있도록 만든 가구'
로 기록되어 있다

한 편의 詩처럼 살아내지 못한 척박한 여정이었지만 어차피 꿈은 이룰 수 없기에 꿈 아닌가 삶의 속도를 잠시 늦춰 호강처럼 쉼을 챙기며 아름다운 내일을 향해 희망을 손짓해 본다 오늘이라는 침대에 편안히 자리 잡고 누워 바라본 오늘의 노을은 유난히 붉을 것이라 믿으며…

비루했던 삶의 둔덕을 넘어온 걸음걸음이 이제는 그리움만으
로도 위로가 되고 아직 정을 떼내지 못한 켜켜이 쌓인 시간의 단
층 속에 후회라는 단어 뒤로 절절히 감춰졌음 직한 성취감 속 손
익계산서에서 조금은 자유로워지고 싶은 게지

사람이라는 이름으로 산다는 건 스스로와 적당한 거리를 둘 줄
도 알아야 한다는데 무수한 도리질 속에서 겨우 찾아 손에 쥔 끄
덕임이 거친 삶의 언덕배기를 가뿐히 넘어
꿈으로 자리한 이 침대 위에서 "그럼에도 불구하고"라는 꽃을
피워내기를 간절한 마음 담아 기도하며 나는 살아갈 생각이지

징검다리, 해후邂逅, 그리고 나눔

1

모태의 본향을 떠나온 뒤
눈 앞에 펼쳐진 노정路程의 텅 빈 여백을
무수한 인연들로 채우며 걸어왔습니다

얼마만큼의 곤한 잠과 빛바랜 꿈들을 털어내며
무디어진 뇌 안의 자아를 소환한 동기부여 곧 사색의 과정을
통해 의지를 실천하는 어렵고 힘든 작업이었습니다

먼 길을 지나 또 하나의 나와 마주한 지금
굳이 후회라는 단어單語 뒤로
숨거나 감추고 싶지 않습니다

정녕
급하게 답을 내놓아야 할 이유가 없었고
마땅히 미루어 둘 핑계는 더더욱 없었기에

달관적이거나, 체념적이거나

혹자들에게 징검다리로 비견되는 인생길에서

두 개의 돌덩이를 바꿔 놓아가며
내딛는 걸음은 늘 조심스러울 수밖에 없었지요

2

아직까지
나는 혼란스러움 속에 머물러 있습니다

본향을 찾는 내재된 본성은
회귀 어종인 연어만의 소유물이 아니었음을
그가 홀연히 내 곁을 떠난 지 일 년을 앞둔
이제서야 조금 알 것 같아 안타까운 마음뿐입니다

타인他人에게
끊임없이 퍼주는 운명을 타고 태어났기에
밝게 뜨고 스스로를 지켜야 한다며

지킬 保 밝을 明
보명保明이라는 필명筆名이자 호呼를 선물해 준
자연요리 연구가이기 이전에
철학자요 문필가요 화가인
40년 지기知己 안동 촌놈 산당山堂 임지호

지난해 6月 12日
괴짜 요리사
임지호가 유명을 달리했습니다

자연요리 연구가요
화가
문필가
철학자로 지구별에 머물다 떠난
사랑하는 벗

그대다운 것이 가장
그대다웠던
안동 촌놈 산당山堂 임지호!

임 兄
잘 가시게…

감히 조문조차 힘이 들었던 오랜 지기와의 갑작스러운 작별 앞
에서 오래전에 끊었던 끽연의 황홀한 추억이 소환되어 견디기가
힘이 듭니다

원치 않은 가슴 아픈 이별을 마주할 때마다
죽음도 삶의 일부라시던 어느 노시인의 말씀도
오늘은 한 점 위로가 되지 않습니다

이제 보명保明은 감사함 얹어
소중하게 갈무리해 두고
새로이 자헌自獻이라는 이름으로
스스로를 헌신하고 희생하는 낮은 자세로
남은 生을 살다 가겠노라는 다짐으로
어린아이를 닮은 그의 해맑은 미소에 화답하며…

나는 오늘
또 하나의 징검다리를 건너 딛습니다

서예書藝의 예법禮法

삶과 죽음이라는
의식의 중심中心에는
목숨 수壽 자가 자리하는데

壽(목숨) 자는

삶을
죽음을
진지하게 고찰考察해 보게 하는 단어單語다

죽음에 가까이 가본 자만이
삶의 진정한 의미를 온전히 깨달아
시작과 끝이 아니라 예禮와 예藝를 통해
소통하고 있음을 터득하게 되는 것이다

서예의 예藝는 예술藝術의 예와 같으니
이는, 우리나라가 서예를 예禮를 더한
예술로써 받아들인 나라라는 의미다

이런 의미의 전통을 앞세운 서예는
절제미를 으뜸으로 쳐
운필과 필법을 획 속에 감추었으나
요즘 들어서는 보여주는 것이 미덕인 시대가 되었다

감추어온 것을 드러냄으로써 현대성을 입히고
입체감을 주는 일반적인 필법이 아닌
먹이 다할 때까지 필획을 그어
오로지 필력에만 의지하는 '초묵법'을 구사하는 방법으로
현대와 단절된 듯한 서예가 대중과 소통할 수 있는 통로가 되
어준 것이 아닐까

너무 많은 말을 하려 하거나
글자에만 의지하지 않고
점만 찍어도
붓만 걸어도
작품이 되는 날을 기다린다

추사 김정희의 默笑居士自讚(묵소거사자찬, 미소만 띄워도 마음을 알 수

있다)라는 말을 기리며 다시 한번 삶을 향해 경의를 표한다

아리수

　서울을 점령한 듯한 스타벅스의 수도꼭지를 틀면 커피가 나올
까 아리수가 나올까

　서울역 앞 매장의 로열석을 차지하고 앉아 주문 커피 대신 집
정수기에서 받아온 냉수를 마시며 시집 한 권을 다 읽고 동대구
행 KTX 출발시간에 맞춰 두 시간 만에 일어났다

　대형 유리창 너머로 유리천장 아래 지하철로 연결된 오르락내
리락 에스컬레이터에서도 종종걸음, 추억이 서린 시계탑 근처를
나르는 평화의 상징인 비둘기 몇 마리 곁으로 유난히 깔끔해 뵈
는 노숙자 한 분이 아이스 아메리카노 빨대를 빨아 당기며 셀카
를 찍는 진풍경, 세상의 종말이 가까이 왔으니 회개하라는 외침
에 군말 없이 동의한다는 뜻밖의 목탁소리(?)에 섞인 소속 단체
들의 외침에 더해 국제도시의 관문에 걸맞은 언어와 피부가 다른
인종들의 독특한 자리매김이 어우러져 아이러니하게도 무질서
속의 질서가 잡혀가는 생뚱맞기까지 한 풍경 건너로 겉만 번지르
르한, 한때 역사의 한 페이지를 국가의 자부심으로 장식했던 ‘대
우빌딩’을 바라보는 마음도 묘한 여운으로 자리해 외롭지만은
않은 시간이었다

어쩌면 조금은 비싼 커피값을 치르고 한 평에 수억 원을 호가하는 땅 위의 건물 외국 브랜드 간판이 달린 매장 한편 좌석에서 자기만의 자유를 누리는 듯한 사람 중에 키오스크 사용이 매끄럽지 못하다는 이유를 앞세워 MZ세대 근무자의 주문 요구를 기다리며 용감하게 한 자리를 차지하고 앉아있었다

눈치도 없이 퍼질러 앉은 탁자에서 몸을 일으킨 것은 기차에 올라야 하는 시간이 임박해 오고 눈총 대신 마시다 보니 텅 비어 버린 텀블러에 정수를 보충하러 잠시 자리를 비운 사이 잽싸게 자리를 잡고 앉은 연인들 때문에 못 이기는 척 보증금도 계약서도 없이 잠시 폐찼던 방을 뺀 것이다

스타벅스 수도꼭지에서는 각기 다른 종류의 검은 음료가 원하는 대로 콸콸 나오는 것으로 착각했던 나는 궁금증을 푼 것은 물론 비싼 커피값도 아끼는 幸인지 不幸인지 20세기와 21세기를 연거푸 살고 있는 대한민국의 한물 간 꼰대 할배요 영원한 이방인이라는 서글픈 현실을 다시 한번 실감하는 하루였다

더듬이

욕심이란 이름의 애물단지는
온갖 수단과 방법을 동원해
더듬더듬 빈틈을 찾아내고
끝내는 틈새를 파고들어 뿌리를 내리고 싹을 틔워
가지 끝에 무성한 잎이 만들어지면
그늘 아래로 동조자들을 불러 모아
자신들만의 독특한 세력을 구축하여
끼리끼리 도모하고 또 획책하고
회칠한 무덤 같은 명패를 앞세워 얻어낸 너덜너덜한 억지 승리
에 도취된 채 비겁하고 음흉한 미소를 지으며
오늘 이 시간까지도 수탈收奪한 부끄러운 전리품(?) 나누기에 바
빴다

가만히 놓아두면 틈새는 메꿔지고 절로 조화로운 모습이 찾아
질 것을
괜한 욕심을 부려 모든 것들이 기억을 더듬어 내지 못하고
결과적으로 하늘을 가리는 격이 되었으니
새로운 시작은 시도해 보지도 못하고 지리멸렬의 수순을 밟을
수밖에, 달리 뾰족한 방법이 찾아지지도 않았다

그럼에도 불구하고 이제라도 무디어진 두 손이지만 더듬더듬
보이지 않는 뿌리를 찾아
　불가능에서 기적으로
　이루어질 수 없는 사랑을 포기할 수 없는 사랑으로
　평범한 일상에서 희원希願했던 삶으로
　근원적 사유와 형이상학적 전율의 세계를 경험하며
　허공에 매달린 홍시 하나로도 하늘의 종을 칠 수 있는 것이 詩
라던
　어느 詩人의 시구를 초석礎石 삼아
　내 가난한 詩의 화폭을 지극히 단순한 무채색으로 채워볼 것이다

　꽃은 피었다가 순식간에 스러지지만
　글이 된 꽃은 오래오래 지지 않는다 하니
　주객전도된 늪에서 스스로를 건져 올려
　별 볼 일 없는 세상일을 별일로 만들어 볼 요량인 것이다

분실신고紛失申告

　제야의 종소리를 듣고 지체없이 보신각 기둥에 단단히 묶어 갈
무리해 둔 영물 열두 마리 중
　청룡 한 마리가 부지불식간에 고리를 끊고 자취를 감췄습니다
　무에 그리도 급했는지
　에스컬레이터에서 뜀박질하는 요즘 중생들처럼 순식간에 말
씀입니다

　천하장사 씨름 선수가 천하장사 씨름 선수를 메다꽂듯
　쿵 소리는 못 낼지라도 작은 기합 소리 정도는 듣고 싶었는데
　이제 막 눈을 마주치고 신년회, 작심삼일 거리 등에 한눈을 파
는 사이
　무궁無窮 땅을 밟았으리라 수궁을 하면서도 허전함 속 아쉬움
은 한참을 머물다 갈 것 같습니다

　천지간天地間 어드멘가에 풀리지 않는 끈으로 묶어 붙박이로 자
리할 것이지
　담배 안 끊으면 죽는다 해도 줄창 피워대는 놈 있듯이 본의 아
니게 우상이 되어 지갑을 열어야 하는 2월은 그렇게 오고야 만
것입니다

시절에 맞춰 조물주가 감아놓은 태엽을 풀지 않을 수 없다는
것을 잘 알고 있지만

꼬리 긴
노을 속으로

수술 手術

올해 여름은 유난히 습하고 덥다는 기상예보가 썩 반갑지 않다
빗나가지 않으리라는 예단이 벌써 나를 슬프게 하지만 애써 무
덤덤한 척하는 것은
어쭙잖은 자존심의 일부라도 감춰보려는 심사인 게다

자주는 아니지만 죽음이라는 단어를 마주하게 되는 순간
우린 놀랍도록 비겁해지기 시작하고 때론 이중인격자가 되기
도 한다
육개장에 쓴 소주를 말아 들이켜는 자리에서도 부끄럼조차 없
이 내게는 절대로 오지 않으리라는 강한 자기부정을…
실제로 안타까운 순간들을 수없이 목격하고서도 나와는 무관
하다는 듯
이미 터잡이를 끝낸 자신의 방 문고리를 더욱 단단히 틀어쥐곤
하는 것이다

그렇게 살아가다 어느 순간 생각지도 않게 벽을 마주하게 되고
허물어 보려 이리저리 애쓰며 전전긍긍하다가 도저히 넘을 수
없다는 것을 깨닫고 나서야
예전에 경험했던 인연들과의 작별을 떠올리며 스스로에게도

그 시간이 찾아오고 있음을 실감하는 것이다

한때의 허망한 꿈이거나 신기루가 아닌 기억 저편의 인연들은
시공을 초월해 당당히 서있는데
추억으로 돌려놓으려 애쓰며 작별의 손을 내미는 속내, 펼쳐진
운해 속 세상을 향해 드러낸 짧은 소견은
가난한 숨소리 뒤로 표나지 않게 한을 삼키는 것으로 대신하리라

그늘과 한숨을 멀리 떠나보내며
가난한 가슴을 가득 채우고 갈 나눔과 섬김은
빈말이나 허세가 아닌 부활의 섬광처럼 다가와 나를 일으키고
꿈꾸게 하리라 믿으며
마음을 사르고 세상을 태우며 아팠던 세월 속
오랜 기억 하나하나까지 활활 배웅하고, 일렁이는 그 불꽃 끝
에서 비상하리라

손으로 빚고 마음에 담아

내게 남은 시간을
온전히 질그릇에 담고 싶네

모양에 따라
더하고 덜함 없이

그렇게 담겨지는
한 그릇의 물처럼

세월 한편을
소박하게 채워 살다 가려 하네

금방이라도 깨질 듯 연약하고 투박하여
무가치해 보이기까지 하지만

힘차게 물레를 차며 혼을 불어넣고
미세한 손 떨림까지 잠재운 미학美學

도공의 숨결과 손길이 살아 숨 쉬는

그 숨터에 담기고 싶은 마음뿐이라네

낙엽이 내 발아래서
바스락 부서지는 어느 가을날 즈음

영원으로 이어지는
삶의 언덕배기를 넘어갈 제

주춤주춤 뒤돌아보는
우愚를 범하지 않으려 함이라네

빛고을 광주光州의 봄 그리고 장성長城, 담양潭陽

1

매서운 추위와 눈보라를 지나
비옥한 역사와 문화의 토양에서 만개한
봄 속의 빛고을 광주光州는 언제나 축제의 장이다

예술적 감흥이 빛처럼 나부끼는 땅 광주는
엄혹한 시대를 지나 빛이 깃들기까지
얼마나 모진 계절을 건너야 했던가

등급을 매길 수 없는 무등자락의 너른 품을 마주하며 깨달음을
얻고
모두가 동등하게 어깨를 부비며 이어온
정겨운 고을에 깃든 얼을 찾아 구석구석을 누비며 사랑하고 싶
은 곳이다

"내 한평생이 춘설차 한 모금만큼이나 향기로웠던가"라고 했던
의재 허백련의 말 속에서 깊은 교훈을 얻는다

배제되고 잊힌 공간을 세워 일으키고
아픈 역사와 암울한 기억의 흔적을 지우고
새로운 정의를 찾아 자리케 하다 보면
광주는 조금씩 더 넓어지리라 믿는다

이제 너무 엄숙하기보다 예술적 가치를 기초로 한
다양한 방식들을 지혜롭게 접목시키는
보존과 계승의 아름다운 연결고리를
우리 손으로 직접 만들어야 한다

예술과 현실 세계가 결코 다르지 않음을
우리 온 힘을 다해 만천하에 전하며
영원히 빛을 발하는 축제를 이어가야 하리라

2

그 도시 한편
전라남도 최북단에 자리한 선비골 문향文鄉인 정겨운 고을 장

성長城에는
　　하서河西 김인후의 얼과 사상이 살아 숨 쉬는, 유네스코가 정한
세계문화유산 필암서원筆巖書院이 있고
　　대나무와 메타세쿼이어로 유명한 이웃 고을 담양潭陽에는
　　光山金氏 始祖인 新羅王子 金興光의 평장사平章詞가 있다

　　빛고을 광주를 더욱 빛내기에 충분한 주변 고을의 입지적인 요
건 속
　　숨은 명소와 보물들을 공부해 볼 요량으로
　　한발 두발 발품을 팔아 한뼘 두뼘 여백을 채우며
　　끊어질 듯 이어진 맥을 찾아보려 한다

　　산맥의 흐름과 골짜기의 비밀과
　　타고넘는 재와 재의 만남 속에서 자연스레 만들어지는 사람 사
는 이야기
　　고개와 바위 턱에 자리한
　　촘촘한 수목과 계곡의 물소리까지
　　수묵산수화의 진수를 그려내듯
　　높고 낮음, 깊고 얕음은 물론이요

풍습과 먹거리 특산물
기후변화에 따른 생활 모습
모두어 사는
삶의 터전과 토호신앙
욕심을 더한다면 생물과 무생물의 가치에 이르기까지
삶 속 깊숙한 곳까지 파고들어 볼 생각이다

변명

요즘 들어 조금은 익숙해진 전언 하나가 있다
한 시절을 함께했던 소중한 인연들의 부음 소식이다
원치 않은 작별을 접할 때마다 무너지는 가슴보다 새삼 휘이휘
이 살아온 지난 여정을 돌이켜 보는 시간을 갖곤 한다
　이승과 저승의 모호한 경계가 어렴풋이 눈에 들어오고
　그 기다림의 행렬에 새롭게 동참한 낯선 얼굴도 점점 낯이 익어간다

　사랑을 받을 자격도 없고
　사랑을 줄 자세도 되어있지 않은
　아니, 사랑을 해서는 절대로 안 되는…

　나는 암 환자다
　나와는 전혀 무관한 듯 태연함 뒤로 숨기려 애써보지만
　문득문득 엄습해 오는 두려움은 나를 외롭게 한다

　인생人生은 누구에게나 예외없이 찰나 곧, 한순간이라며
　그 짧은 삶의 적용 대상이 비단 나만의 것이 아닐 것이라 도리
질 해보지만
　나는 어쩔 수 없는 악성 신생물에 소중한 신체의 일부를 내어

준 방관자이며
　불확실한 미래가 내게만은 덜 소란스럽게 비켜가 주기를 간절
히 바라는 가난하고 나약한 존재임을 부인할 수 없는
　하루하루가 몹시 두려운 패배자인 것이다

　가끔은 먼 길로 돌아가는 지혜가 필요할 때도
　쉬이 뚫어낼 방도訪途만을 찾던 발길 끝에서
　핑계만으로는 도저히 피해 갈 수 없는 걸림돌을 만난 것이다

　와닿는 훼방꾼의 음흉한 미소와 차갑고 섬뜩한 감촉이
　제대로 채인 돌부리 끝으로부터 고스란히 전해져 올무처럼 조
여오는 요즘
　얼마나 남아있을지 모를 시간 앞에서 초조함을 숨기지 못해
　부서지는 것을 실감하면서도 버킷리스트와 더킷리스트 사이
에서 마음만 바빠진다

　어떠한 이유도 변명 뒤로 숨을 수 없다는 것을 잘 알면서도
　염치없이 요구조건을 늘려가며
　스스로가 치부를 넓히는 우愚를 범하고 있다

세방낙조 細方洛照

붉은빛 해 오름이
기적처럼 아침을 열면
밀려오는 부끄럼에
올려다보는 것조차 삼간 채

일상을 핑계 삼아
한입 가득 태양을 삼키며
걸음을 서두른다

종일, 섬에 닿기 위해
파도를 가르다 가르다
어깨 위로 조금씩 어둠이 내리면

섬과 섬 사이
굽이치는 소용돌이 속에서

파도가 전해주는
머나먼 뭍의 이야기를

그리움 하나만으로
만나야 하는 석양이

꼬리 긴 노을 속으로
내일을 기약하며 숨어든다는 보배섬 진도珍島

발길 닿아 머문 그곳에는
검푸른 바다와 휘몰아치는 바람
성난 파도에 일그러진 기암절벽
적당히 구슬픈 가락의 철썩임 사이로
'아리랑 음음음 아라리가 났네'
어깨춤 애틋한 아리랑 가락이 들썩인다

군내호의 백조 도래지,
운림산방이 자리한 첨찰산의 천연 원시림,
모세의 기적이 재현되는 신비의 바닷길,

그리고

어느 낙조에 견주어 한 치 손색이 없고
떨어지는 태양도 길게 머물다 간다는
진도 바다에는
외마디 탄성이 절로 나는
세방낙조細方落照가 있다

만나지는 못했지만
오늘따라 몸을 가눌 수조차 없이
바람 불어대는 그곳에서

잠시 전, 시선 둘 곳 찾지 못해
안타까운 마음으로 한참을 머물다 온
진도항, 아니 팽목항을 떠올리며…

물의 원천을 찾아 떠나버린
격랑에 휩쓸려 간 실종자들의 영혼을
다시 한번 조문하고 돌아서는 나그네의 발길이 한없이 무겁기
만 하다

부재不在의 부재不在 · 1

1

어제와는 사뭇 다른
처음 마주한
낯선 풍경 속에는

낯선 공기
낯선 온도와 습도가
온몸을 감싸고 돌아든다

어디쯤일까
어디쯤에 서있다가
어떤 연유을 만나
어느 곳으로 돌아가야 할지…

쏟아지는
폭우는 아니지만

등대마냥

한 줄기 빛도 주지 않고

이정표마냥
갈 길도 나눠주지 않고

해시계도 있는
짧은 그림자조차 없이

수십 해를
그리 살아왔느니

정녕
관객 하나 들지 않는
영화 속 주인공이 되라는 말인가

2

발병이 나려 해도 걸을 수 없을 때가 올 것이다

운동화 끈을 조여 맬 힘도 자연스레 없어질 것이다

예전의 추억을 더듬기 위해 그리움만 홀로 남겨진 신발을 애써
밟아대는 시절이 도래할 것은 불변의 사실이다

아직 서럽지도 않은데 자꾸 우울해지는 것은

죽자 사자 걸었던 신발이 낯설어질까 두려워서일 게다

걷는 것만큼 내 영역이고

보고 담는 것만큼 내 마음속 세상이며

쉬지 않고 쓰는 것이 어쭙잖은 내 시詩의 꽃으로 피어나리라 믿
어 의심치 않으며

한가한 걸음 느린 손짓에 더해 심심한 응시 속에서 별빛으로
반짝이며

천천히 기적을 잉태하길 기원한다

대낮의 투명한 빛 속에서 바삐 살다가 문득 캄캄한 어둠 속 적

막 앞에 서면

　프리즘을 통과한 파장의 작은 떨림조차도 잡아둘 수 없는 스펙트럼의 무질서 속 준위準位처럼

　불연속 구간의 막막한 외로움이 엄습해 올 것을 알기에 조바심을 내는 것이며

　존재, 그 자체를 증명하듯

　주변을 맴도는 상처의 흔적들로 인한 황량하고 가난한 고립 속 고독과 닮은꼴이 되고 싶지 않은 것이다

　우발성에 속하는, 필연적 조건이 아닌 실체가 없는 흔적이나 사슬로 묶인 사유思惟일지언정

　가지런한 질서로, 적어도 청렬淸冽한 고독의 높이는 유지하고 싶은 것이 내재된 소망이다

부재不在의 부재不在 · 2

1

짠맛 없는 바다가 없듯이 고통 없는 삶은 없다

나라는 존재存在는 바다에 떨어지는 한 방울의 비와 같아서
밀물과 한 몸이 되었다가도 한순간 썰물이 되어 이름 모를 섬
을 찾아 떠나기도 한다

오온五蘊의 가합假合은
색色
수受
상想
행行
식識 등의 임시 화합이라 할 수 있는데
미학적美學的 갱신更新이 필요한 객체들이다

누군가의 기억과 일치하는 정직正直한 언어는
획기적인 변화를 위해 변혁하고 때론 전복하기도 한다
적어도 사유思惟가 있는 시詩를 쓸 때는 더욱 그렇다

2

나는 어떤 사람이며, 어떤 삶을 살고 있지?

소중한 존재는 분명한데
단 한 번이라도 자격요건을 갖추고 누린 적이 있었나?

이상과 현실에 대한 괴리감으로 겨워하는
스스로를 보듬고 다듬는 시간이 필요하다는 것 정도는 알고 있
겠지?

다리 위에서 강물이나 바다를 향해 몸을 던지는 순간
가장 먼저 후회라는 단어를 떠올린다는 애기를 들은 적 있나
묻고 싶다

쏟아지는 질문 질문들

그만큼 삶은 存, 命, 活의 미로 찾기이며 불가사의한 영역이려
니…

학사주점의 자욱한 담배 연기 속에서
초산 내음 짙게 밴 찌그러진 양재기 잔에
넘치도록 설움을 따라 마시던 그 시절이 가끔은 그립다

먼 과거가 되어버린
지금

자존, 효용감이 사라져 가는 것이 슬프고
마음의 지갑에는 달랑 후회라는 가난한 단어 하나뿐이지만
버킷리스트보다는 하지 말아야 할 일, 하고 싶지 않은 것을 일
컫는 더킷리스트를 챙겨야 할 때임을 실감하는 요즘이다

후회를 뒤적거릴 시간이
없음이다

질풍노도의 시절
누구나 한 번쯤은 변주邊柱했을 법한 완벽한 인생
꿈꾸던 예측불허의 생존게임은 수명이 짧았다

출생의 잔재

한 마리 새처럼 시원始原의 점액과 알껍질을 임종까지 지니고
가야 하는 자연의 일부인 우리네 삶은
과정 속에 잠시 머물다 갈 뿐 완성품이 될 수 없음을 알았고
생각하는 대로 살지 않으면 사는 대로 생각할 수밖에 없음도
알았지만 포기라는 단어를 떠올릴 수는 없었다

미물인 한 마리 새도 세상과 만나기 위해 단단한 알껍질을 깨
트리기를 주저하지 않는데
새로운 세상과 만나기 위해 하나의 세계를 과감하게 파괴하지
못하고 누군가가 흘리고 간 숙제만을 풀기 위해 타협을 선택했고
매 순간 허들을 넘는 기분으로 통과의례 속에서 허덕이며
한 번도 완벽한 스스로가 되어보지 못했으면서도 무엇을 위해
성숙해야 하는지도 몰랐고
그 누구에게도 어른이 되는 법을 가르쳐 주지 않았다는 원망조
차 할 수가 없었다

끊임없이 다가오는 일들을 해결하기 위해 많은 시간을 할애하

면서도

정작 나를 놓고 고민하는 것에는 무척이나 인색했던 삶

구차스러운 삶은 아니었지만
선과 악, 밝음과 어둠의 두 세계를 경험하며 근심과 고뇌 속에서 갖게 되는 조심스러운 접근이
성찰의 기회를 놓쳐 자칫 꿈이 소멸되는 불행으로 이어지거나 후회가 되는 일이 없기만 바랄 뿐이다

길 위에서

- 기원祈願

순간순간 새롭게 마주하는 자유

그 경이로움의 파노라마 속 치열한 유희

거기엔 무한 질주의 꿈과 열정이 존재해

갈망과 좌절의 늪을 끊임없이 오가며 조율한다

흑과 백, 선과 악, 우선과 나중, 그 외에도

매일매일 우리의 선택을 요구하며

간섭을 마다치 않는

낯선 인생의 욕구들이

저마다 최고를 추구하며 삶 속에 깊이 녹아있다

어느 순간 슬그머니 퇴각해

거칠고 단단한 껍질 속에 숨어든

꺼내놓기 거북스러운 자아!

그 나태와 무사안일에 길든 일상들을 깨워 일으켜

적당한 긴장 속에서 함께 걸으며

채워지지 않는 현실을 다독여 추스르고

감흥을 이끌어내 권태와 무료를 다스린다

혹자는 흔히 인생을 논하며
영원한 것은 없다 하면서도 인정치 못하고
결국 소유물로 만들어 움켜쥐고 싶어 하며
번뜩이는 갈망 속 행복을 찾아
저마다의 빛깔로 분주하게 오고 간다

하루가 열흘 같았으면 하는 솔직한 바람 속
그 길의 끝자락을 담담히 걷고 있는 지금
얼마나 남아있을지 모를 여정에서
혹여 소란스럽고 길 위에서 방향을 잃는다 해도
덜 소란스럽게 비껴가 주기를
길섶에 주저앉는 일만은 없기를 바랄 뿐이다

욕심이 있다면
등불 밝혀 어둠을 지키는 사랑하는 이들의 멈추지 않을 긴 기
다림을 기억했으면 좋겠고
다가올 세월을 초연하게 걷다 갔으면 참 좋겠다

황금비율黃金比率

흰색 여백의 미를 강조하기 위해서는 검은색의 적절한 사용이
관건이다

여백餘白이 제대로 채워지기 위해서는 치밀한 계산이 필요하다
는 이야기며
시공時空의 구분이 필요치 않은 영역에서의 작업이기 때문에
간과해도 된다는 것은 필패를 부르는 주요한 원인이 된다지
생각 없는 디자인은 실행에 옮겨지는 순간부터 내부에서 부딪
치며 끊임없이 문제를 만들고 결국 분할이라는 결과로 이어질 것
은 자명한 사실이니
세세한 비율의 관계를 살펴 유지하고 팽팽한 긴장감은 끝까지
이어져야 하는 것이다

예술이라 이름한 어느 장르를 불문하고 예외란 있을 수가 없다

특별하게도 詩는 무재엄숙務在嚴肅이 요구되는 무한한 자유 속
구속이니 털끝만큼의 해찰도 용납할 여지가 없음이라

격랑激浪에 휩쓸려 간 언어들의 넋이라도 거두어 갈무리하는

것이 화급한 일이 아닌가

　장인정신에 더해 이 時代가 요구하는 것들을 알면서도 버거움
을 앞세워 부끄럼 뒤로 숨어드는 작태는 가장 피해야 할 금기 중
최우선이기 때문이다

　포맷 설정의 변화가 필요하다는 무례한 외침이 아니라
　직선보다는 완만한 곡선으로 그리는 정신이 오히려 강한 필력
筆力이 스며드는 여백인 것이다

　철저하게 계산된 공간이지만 전혀 계산되지 않은 것처럼 보이
게 하는 과하다 할 만큼의 결행을 강권하는 바람이다

　은유와 암유 사이를 춤추며 오가는 붓끝이 균형 잡힌 사유의
정직함으로 견고하게 닫힌 공간을 열듯
　일례一例로 개화開花의 비밀스러운 과정을 그려내는 놀라울 정
도의 자연스러움을 무엇에 비할 데가 있겠는가

강물

아직까지 님을 사랑하고 있다는 말을 할 수가 없습니다
그립다는 말도 할 수가 없습니다
멈추지 않고 무심하게 흘러가는 강물 앞에서는 더욱 그렇습니다
애틋한 그리움까지 쓸려 가지 않을까 하는 두려움 때문인가 봅
니다

시간이 약이라는 달콤한 처방전은
어느 발칙한 돌팔이 의사의 일탈이 빚어낸 불편하고 무책임한
실수라는 생각입니다

코끝에 와닿는 익숙한 내음과 숨결을 느껴야 잠이 들고
부드러운 입술의 감촉과 귓전을 간질이는 속삭임에 눈을 뜨게
되는 아침이 오늘까지도 이어지는데
쉽게 잊고들 사는 사람들이 많다지만 아직 보내지 못한 내 탓
인 것을 어찌하면 좋을까요

요즘 들어 부쩍 딴생각을 하다가도 자주 그대를 생각하곤 하는데
그대도 가끔 내가 생각나는지 궁금합니다
무리를 해서라도 애틋한 추억들을 소환해

욕심이라는 단어 속에 가둬놓고 다시는 보내고 싶지 않은 것
이 솔직한 심정입니다

가을 찾기

거기엔 가을이 없었다

거기엔 애틋한 그리움이나 소환할 추억은커녕 기다리는 약속
도 없었고 다만 이유를 알 수 없는 아픔만 있을 뿐이었다

얼마 지나지 않아 잊힐 것으로 치부해 모두들 모르는 척 침묵
하고 있는 것 같아 돌아오는 발걸음이 무거웠다

정녕 가을은 없었다

힘껏 반짝이던 기억 속 계절은 기대와 다른 모습으로 자리해
특별한 분위기를 만들어 내고 있었기에 지난 계절을 배웅하며 낯
선 시간을 향해 내닫는 풍경 속 단단히 결속된 적막감 뒤로 더디
게 이어지는 꿈을 감추고 그 암담함 속에서도 마음으로 볼 수 있
는 경이로움을 찾는 애절한 눈빛은 희망을 놓지 못하고 있었지만

가을을 찾을 수는 없었다

보내고 맞이하는 순간의 아쉬움을 어찌 천편일률적인 오방색

만으로 그려낼 수 있을까마는 한 방울의 열정이라도 훗날로 이
어가기 위해 온전히 불살라 보리라

　영원히 살아 지워지지 않을,
　내 눈에서
　내 가슴에서
　내 감정선 끝에서 새롭게 태어나는

　나만의 계절을 위해 한몫하고 싶은 것이다

　펼쳐진 가을 캠퍼스에 하늘, 땅, 바람까지 불러 기적奇跡을 심고
붓끝에 힘을 실어 한획 한획의 붓질에 혼을 담아보리라

하늘

하늘 너머에 또 하늘
그 아래엔 예측불허豫測不許의 삶들이 저마다의 모습으로 자리해
자신들만의 역사歷史를 만들어 간다

시작이라는 단어가 주는 설렘은
세상에 쏟아낸 순간 중 으뜸으로 기억되는데
몇 번이나 더 마주하게 될지 모를 여정旅程에서
유난히 하늘이 고운 도시의 눈부신 가을 햇살 속을 거닐다 온
지금
바람처럼 보내버린 예전의 걸음들을 돌려세울 수 없음에
은근, 손에 쥔 세월의 고삐가 당겨진다

나이 든 기침 소리에 익숙해진 계절 닮은 내 삶의 언저리를 서
성이는
이제 막, 녹슬기 시작한 무릎을 일으켜 세우고
조금씩 식어가는 열정도 불러내고
약해져 가는 심장을 두드려 조심스레 세상 속에 섞어볼 요량이다

오늘

말갛게 흐르는 하늘을 올려다보며

조금만 존재하다 금세 물러나는 계절의 무례함을 탓하기보다

한발 앞서 맞이하고

머무는 동안 깍듯한 예우를 갖춰

펼쳐진 잔치마당에 열熱과 성誠을 다해 기꺼이 동참하리라 다짐한다

팔공산八公山

2023年 5月 23日 도립공원 팔공산이 국립공원으로 승격되면서 새로운 자랑거리이자 가치 하나를 더 소유하게 되었다 신라시대에는 경주 토함산 지리산 계룡산 태백산과 함께 오악五岳 중 하나로 삼아 임금이 팔공산으로 친히 행차해 제사를 지내던 성산聖山이었다고 한다

주봉인 비로봉(옛 이름 제천단이 있던 天王峰), 동봉, 서봉, 관봉, 노적봉, 산성봉 등으로 이루어진 큰 산이며 동화사를 비롯한 영천 은해사 치산계곡의 수도사 등 천년고찰과 몸을 제대로 갖추지 않은 사람은 찾을 수가 없다는 중암암中巖庵, 성철 스님이 깨달음을 얻은 후 오도송을 남겼다는 운부암雲浮庵, 가장 아름다운 불당으로 평가되는 수미단이 있고 일 년에 이틀만 개방하는 비구니 사찰 백홍암, 경주 석굴암보다 100년이 먼저라는 국보 109호의 삼존석불 제2 석굴암, 국보 제14호 백골 단청으로 유명한 영산전이 있고 人間의 모든 표정을 갖고 있다는 500 나한상이 있는 거조암 외에도 염불암, 기기암, 묘봉암, 약수암, 서운암, 약사암… 등 보물을 간직한 영산靈山이다

수도사, 공산폭포와 물레방아 소리의 수침성이 있는 치산(평산)

이 공산이 되고 다시 신숭겸 장군 등 여덟 명 공신의 이름을 기려 팔공산이라 불리게 되었다 한다

호랑이가 없는 산에서 최상위 계급인 담비, 오소리, 멧돼지, 고라니, 꿩 등 동물들을 비롯해서 선태식물인 이끼 곧 팔공물이끼, 다람쥐꼬리, 고란초, 지리산에만 있다는 지리고들빼기, 산오이풀… 등의 산림청 희귀식물이 구석구석을 채우고 있는 생태계의 보고寶庫이기도 하다

홍선대원군의 천주교 학살의 비극이 서린 한티고개의 가을은 타는 듯 붉은 단풍 속 슬픔이며 몽골군의 침범과 동란의 아픔이 서린 공산성터, 가산산성 등이 있어서인지 정성스레 기도하면 한 가지 소원은 들어준다는 관봉의 석조여래좌상의 갓바위 등의 성지로도 이름이 나있는 국토의 중심부에 자리한 명산이다

개인적으로도 칠곡 가산산성에서 서봉 동봉을 거쳐 신령재 인봉 노적봉을 지나 관봉(갓바위)에 이르는 종주 산행과 수도사, 은해사, 염불암, 수태골 등을 들머리로 한 산행을 즐기며 함께했기에 팔공산의 매력을 익히 잘 알고 있다

자고 새면 마주하는 아름답고 정겨운 공간 팔공산의 국립공원 승격을 계기로 애정 어린 손길과 눈길을 더해 더욱 깊이 사랑하며 공부해 볼 요량이다

풍도豊島의 야생화野生花

바람 대신 바람꽃과 야생화가 지천인
황량한 잿빛 섬 한편

산기슭에 매복해 있던
봄기운은

개구리 심장 소리에 섞여
동토凍土의 깊은 잠을 깨운다

봄의 여신과 다정히 눈 맞추며
나누는 깊고 달콤한 키스가

후망산 자락에
아지랑이로 피어오르고

저마다의 빛깔로 분주하던 별들이
지상으로 내려와

너를 꽃이라 부르며 마주하여

인연이라 전하고

갓 태어나
숨을 쉬기 시작한 너는

여린 꽃대 디밀어
화폭 위에 내려앉은 수채화로 화답하니

어디가 길이요
어디가 숲인가 모를 무릉도원에

봄의 전령사로
봄을 부르는 구애의 노래가 되어

너를 찾는 나그네의 발길을 유혹하고
평온한 쉼을 선물하느니

서해라 믿기지 않는
맑고 투명한 바다

그 바다를 품은 훈풍의 유희로
그리움은 뿌리내리고

꿈결인 양 머물다 가는
현자賢者들의 시선에 담겨 육지를 향한다

어수거목御手巨木이라 불리는
수호신 은행나무가

여유로운 손짓으로 배웅하는
산허리에 피어나 자리한 야생화…

너는
풍도의 얼굴이요
        숨결이요
        그리움이며
봄을 깨우고 일으켜 선물하는
섬마을 요정일러라

탄생誕生

잠자리에서 일어나 새롭게 떠오르는 태양을 마주하는 것은
기적奇迹이요 축복祝福이며 무상의 선물膳物입니다

어느 날인가 행운처럼
가난한 여정旅程의 길섶에 잠재潛在된
소중한 비밀 하나를 발견했습니다

매일 아침이면, 오늘이라는 선물이
나의 머리맡에 먼저 도착해
개안開眼의 순간을 기다린다는 것을요

모태母胎의 본향本鄕을
떠나온 순간부터일진대
부끄럽게도 이제껏 인식을 못 했을 뿐입니다

그렇게, 어제 받은 감사한 선물을
오늘도 받게 된 것입니다
내일도 받기 위해 오늘을 아껴서 살 것입니다

결국은 나와 결별해야 하는 순간이 오겠지만
매일의 시간은 각기 다른 모양과 무늬로 만들어져
인생이라는 여정 속에서 아름답고 소중한 퍼즐 조각이 되어
생존의 기록으로 있어야 할 자리를 찾아 적절하게 끼워 맞춰지
는, 다시는 만날 수 없는 너무나 값진 순간순간들이기에
하루하루를 열기 위해 첫 문고리를 잡을 때부터 석양을 배웅하
는 시간에 이르기까지
온 힘을 다하는 삶이어야 하는 게지요

홍건한 눈물로 적어야 하는 참회록의 한 페이지가 될 수도 있고
부당함을 호소조차 할 수 없는, 절망을 절망케 하는 절망 속에
감춘 분개의 파편들도 있겠지만
그냥 스쳐 가는 시간으로 치부하거나
저물어 간다는 핑계를 앞세워 인생의 그림자를 베고 누운 모습
으로
마치 타인의 삶인 양 수수방관하는 우를 범하진 말아야지요

길은 어디에나 있다 믿고 고민도 없이 출렁이며 걸어온 여정이
미완의 그릇 속에서 거칠게 넘실대고

고뇌의 눈물도 불면의 피땀도 함께 물을 켜며 자맥질 중일지라도
뚜벅뚜벅 걷고자 하나 발목을 붙잡고 놓아주지 않을지라도
외롬을 짜내고 짜내도 언제나 외롭기만 한 삶일지라도
결코 포기할 수 없다는 생각에
공허의 풍요 속을 빠져나와
생존본능의 몸부림이라는 이유로
냉랭한 삶의 터전에 여운이라도 붙잡아 두기 위해
올무나 덫을 치려는 생각을 거두고
새롭게 마음을 가다듬습니다

사람이 아름다운 것은 늘 부족함이 있기 때문이라지요
그 부족함을 채우기 위해 열심을 다하는 모습이 아름답기 때문
이 아닐까요

그 누구도 내 인생의 일분일초를 대신해서 살아줄 수 없고 부
족함을 채워줄 수도 없습니다

하여

나는 오늘도 내 인생을 내가 책임질 것이라 다시 한번 다짐하며
부서지기 직전, 감각의 신경선 너머에 눈곱만큼 남은 자유로움
을 찾기 위해서라도
재생의 낯선 영역을 꿈꾸는 움직임을 불러
내일이 아닌 오늘의 문고리를 힘주어 잡기를 소망하며
오늘도 변함없이 케이크에 꽂힌 촛불을 한 호흡에 힘주어 끄고
다시 탄생誕生한, 오늘 속으로 당당히 걸어 들어갈 것입니다

초대 손님 하나 없는 공간

이루어지는 꿈이,
더불어 찾아 누리고픈 행복이,
진정 인간이 갖춰야 할 도리가 무엇인지
아직 요원하고 낯설기만 하다

지름길이나 왕도가 따로 있는 건 아닌데
문고리를 잡고도 문턱이 높다 포기하고
발목까지 담근 강조차 건너지 않으려
핑곗거리를 찾고 있는 일상이 낯설다

본질을 찾아가는 길섶 한편에
빗장 열쇠를 던져버린 좁은 소견 때문에
다시 도전할 수 있는 빌미조차 잃어버리고
병아리 오줌만큼 허락된
선택할 수 있는 특권의 인색함도
의식적으로 채워둔 족쇄처럼
무색할 정도의 방임, 아니 편협한 자유 속에
스스로를 자꾸만 가둔다

페퍼민트 향 품은

바람 한 점 머물다 가도 좋으련만

특별한 그 무엇 하나 찾아볼 수 없는

토막 진 유한의 시간 속

범인凡人은 갈 수도 머물 수도

만질 수도 없는 알 수 없는 세상뿐이다

용서와 화합

상상 속 누림

창조

창의

발명

발견

통곡의 벽壁을 허물 아이디어

사유

영감

도전

변화

혁신에 대한 갈망 등은 어떤 문제에 대한 저항이요

새로운 접근이며 발상의 전환을 위한 등용문이며 통과의례일
진대

답습이나 흉내가 아니라
실험과 시도를 통해
상황을 구체화해야 하기 때문에
도전정신과 소명 의식이 필요할 뿐만 아니라 때론 얼마만큼의
희생도 감수해야 할진대

내 눈에 도드라져 보인다 하여
시각적 몰입沒入 상태로 이어지는
매력이 있다고 단언할 수는 없지만
정도正道를 벗어나거나
우매한 시도가 지속되다 보면
결국 동력을 잃고 말 것이기 때문에
잠시도 긴장의 끈을 놓을 수 없음이다

펜 끝에 힘이 살아있어야 하고 적당한 긴장 속 탐험심도 담겨
있어야 하고 현실적이고 논리적인 것도 필요하지만 백지처럼 하

얀 무無의 상태에서 무언가 드러나게 하는 원시적인 접근방법이
우선시되어야 한다

　시인묵객詩人墨客과 화인가객畵人歌客들에게 권하고픈 한마디, 삶
의 각도를 바꿔보라는 은근한 소곤거림으로 발상의 전환을 꾀해
볼지 의향을 묻는 내 안의 내가 갖춰야 할 덕목이 함께 꿈꾸는 영
역의 들머리를 찾는 게 우선적인 소명인 것을 알고는 있는데…

　"편견을 깨면 진가가 보인다는데,
　시詩 한수 못 읊조리고
　난蘭 한쪽 못 치고
　소리 한 자락 할 줄 몰라서야
　어찌 예술인藝術人이라 할 수 있으리오"

　수도 없이 듣고, 보고, 읽고, 되뇌며 다짐하던 잠언 이상의 파
수꾼으로 언제든 돌파구로 사용하려 예비해 두었는데 답답하고
지루하다는 핑계를 앞세워 마음의 면역력만 키웠을 뿐 스스로를
아프도록 사랑하지 못한 탓인지 뒤통수를 세게 한 대 얻어맞은
듯 생경스럽고 낯설기만 하다

소리꾼이 득음의 경지에 오르기 위해 폭포수 아래서 몇 사발의 피를 토하고 몇 단지의 눈물과 몇 번의 포기를 궤적으로 쌓아야 할까 새삼 그것이 못내 궁금한 것은, 평생 볼 수 없다는 자신의 뒷모습 그 뒷모습에도 표정이 있다는 것을 알면서도 변화를 주도해야 경쟁에서 우위를 점할 수 있음을 앞세워 파편들에게까지 재조합의 가치를 주어 그 저항을 당연하고 필연적인 것으로 새롭게 싹 틔우는 생명生命의 씨앗으로 삼아야 할 것이다

실험은 늘 오차를 안고 있고 실패의 여지도 도사리고 있지만 보이는 소리, 그려진 음악에 버금가는 다양한 언어의 탐구를 통해 무한한 지평을 열어 "영원한 가치"라는 비현실적인 이상을 현실로 불러들이는 쾌거를 이뤄내기 위해서는 무조건 제한하거나 제거하게 해서는 안 된다는, 패러다임의 변화에 따른 적절한 선택이 필요하다는, 묘수는 멀리 있는 것이 아니라 가장 가까운 곳에 있다는 지극히 평범한 사실을 기초로 실험과 시도를 반복해 언어言語에도 첨단이 필요하다는 것을 각인시켜야 하리라

아침

허락되어진 것들에 늘 감사한다
침묵의 공간으로 남겨지지 않고 새로움을 찾아갈 수 있는 소중
한 기회로 주어진 때문이다

매일 다른 모습으로 찾아와 기를 쓰고 하루 속으로 떠미는 고
마움도 있다

자신을 찾아 떠나는 여행길에 황금빛 햇살로 불 밝혀 인도하는
순간이다

생소한 길을 찾아가는 수축과 팽창의 간극을 좁히려는 긴장감은
비움과 채움의 미묘한 다툼 속에서 우리의 선택을 요구하며 주
변을 맴돈다

어느 순간, 잘못된 길을 선택해 서성이게 될지라도
길섶에 주저앉아 있을 수는 없다 채근하며 서둘러 제대로 된
로드맵을 도출해 내기를 권유한다

과연 무엇을 잣대로 삼아야 할까

부러운 존재들이 있다
내가 할 수 없는 것들을 폼나게 해재끼는 것들 모두가 그것이다

아침 시간, 시선 끝을 도약대 삼아 창공을 힘껏 날아오른 송골
매의 최종 목적지는 어디일까

잠시 후 맞닥뜨릴 비극의 순간은 까맣게 모르고
머리만 풀숲 깊숙이 숨긴 채 가슴을 쓸어내리는 까투리가 답이다

누구에게나 동등하게 주어지지만 받아 든 이들에 따라 쓰임새는
천양지차가 다반사다

멈칫거리는 순간 눈 깜짝할 새의 점령지로 귀속되고 만다

사막의 신기루가 되는 것이다

내일이면 칠월의 첫날이다
어느새 한 해의 반이 서산마루에 걸터앉아 있다

내일부터는…

하루의 여정을 시작하는 시간 앞에 서면
적어도 그냥 증발하지 않는 물방울이 되기 위해 철학자와 물리
학자 사이를 분주히 오가는 파수꾼이 되길 소망한다

초기화初期化

이제껏 살아왔고, 현재를 살고 있음에도 생生이라는 단어가 늘
생소하기만 해
　멀어지다 가까워지고 모아지다 흩어지려는 숨결들을 간추려
　떠도는 영혼이 되어서야 만날 수 있다는 미완未完의 궤적軌迹들
을 찾아다니는 중이다

　일관성 있는 이기심을 억지스레 앞세워
　분명 빠르게 잊힐 것을 알면서도
　상투적인 오해의 소지를 만들기 위한 핑계거리를 찾고 있는 것
이다

　단호한 심각함이나, 굳이 해명이 필요해서가 아니라
　생성소멸의 역사가 이루어지기 전의 침묵을
　소환해 낼 수 있는 기적의 순간을
　기력이 소진되기 전에 만날 수 있을까 하는 두려움 때문일 게다

　주관적으로는 심각한 빌미라지만 객관적으로는 웃음거리가
될 수도 있고
　이후로 자신이 만나는 세상에는 늙어가는 것밖에 남아 있지 않

음을, 자명한 사실들도 변하지 않을 것을 알면서도
  방심은 금물이라는 이유를 앞세워 점점 어울리지 않는 짓거리
를 멈추지 못하는 것이다

폐허를 건너간 사람들을 생각하며
투명한 폐허일지라도
누군가에겐 주석이 필요하고
스스로에겐 각색이 필요한 날들이 오고 있음을 직감한 때문일까

사람들이 말하는 인내를 희생이라 치부하고
굳이 알아달라고 매달리지도 않으며
이미 과거형이 되어버린 요람에서
지금까지의 시간을 만나기 위해
근엄한 표정을 지어보고, 용기도 내보면서
자꾸만 기시감 속으로 자신을 밀어 넣고 있다

청사년靑蛇年 새해에는

책갈피의 존재가 세월의 책장 속에서는 무용지물이지요
잠시라도 멈출 수 없는 것이 우리네 삶이니
유연하고 탄력 있는 것은 끼임돌이 자리할 수 있는 필요조건
중 하나지요
여정 속에서 마주하는 소중한 기회들이 악수라는 거북스러운
단어들 뒤로 가려진다면 순간순간들이 너무 억울할 듯해서요
나폴레옹도 '불행은 언젠가 내가 소홀히 보낸 시간이 나에게
가하는 복수다' 라는 말을 남겼지요

서둘러 찾아와 마주했던 한해가 벌써 교차점交叉點에 다다랐습
니다
그곳에 서면 예민한 감각들이 먼저 춤을 추고 새로운 시작始作
앞에서 늘 가슴이 뛰지요

쌓인 일상의 고단함이나 아쉬움은 이미 지나버린 시간의 몫으
로 놓아두기로 해요
행여, 부지불식간不知不識間에 놓쳤거나
감추고 싶은 상처傷處 하나쯤 있을지라도…
굴곡屈曲 없었던 시절이 어디, 단 한 번이라도 있었던가요

부재不在, 그 한정된 시간이 짧기만 바라는 스스로를 응원하며
다독일 수밖에요

굳이 새 삶을 시작하려 할 필요가 있을까요
냉철한 눈으로 스스로를 들여다보고
잘라내야 할 부분을 찾아 도려내는 것이 우선이라는 생각입니다
가당찮은 삶을 이어가려는 욕심으로 소중한 것들을 놓치고 있
는 이가
혹여 자신이라면 그 멈춤에 조건 없는 동참을 정중하게 권합니다

* 육십갑자六十甲子 中 마흔두 번째 을사년乙巳年 청사青蛇의 해에
복福 많이 받으시기를 기원祈願드립니다

123

여름 주산지에서

타는 목마름으로 간절함 앞에 서면
한 방울의 물이 새롭고
한 잔의 물은 사치이며
바가지를 넘쳐흐르는 물은 가히 기적이라 해도 무방하다

조선시대 백성을 지극히 사랑하는 임금 숙종 때 만들어져
지금껏 한 번도 바닥을 드러낸 적 없다는 인공 저수지는
어느덧 자연의 일부가 되어
봄 여름 가을 겨울
빼어난 풍경을 만들어 내며
찾는 이들에게
편안한 휴식은 물론
농번기에는 다 나누어 주고 드러난
수호신 왕버들의 잔뿌리가 질기고 강인한 생명력까지 보여주는
찡한 가르침까지 나누어 주기를 아끼지 않는다

삼라만상의 흐름을 주관하는 거역할 수 없는 자연의 섭리를 통해
우리는 생존을 선물로 받는다
선물에 대한 감사와 겸허 그리고 지혜가 어우러진 영리한 선택

이 평온을 만나게 해주는 것이다
필요한 만큼만이 아닌
터무니없는 탐욕이 가져다줄 폐해는 까맣게 뒷전인 채
눈앞의 이익에만 급급해
쫓기듯 살아온 우리가 아닌지…

태풍이 오고 큰비가 내려 계곡과 하천이 범람해 농경지가 유실되는
소박한 삶을 사는 이들의 소중한 터전을 초토화시키는 참담함을 행여 보고 싶겠는가마는
일기예보를 믿지 않고 빈손으로 외출을 했다가 낭패를 본 기억이 누구나 한 번쯤은 있을 터
대수롭지 않은 과정 속에서 얻어낼 수 있는 많은 것들을 무심결에 놓치고 있음이니
원치 않는 폭풍우 속에 위태로운 모습을 하고 우두커니 서있는 사람 중 하나가 너와 나 우리는 결단코 아니기만을 간절히 소망한다

살아있음을 깊이 감사하며…

그 불씨에
서서히 입김을 불어

세월歲月

세월歲月은

시간의 고개를 무수히 넘어온 흔적이다
발한이고 진통이며 산고다
그 뒤에 엄습해 오는 공허감과 비애감에 끝없이 허탈해하면서도
치유적 보상을 빌미로 함부로 놓을 수 없는 애물단지다

나이가 들어갈수록 자연의 섭리에 겸손해하고
생로병사, 희로애락에 감정을 숨기지 못하고 반응하며 살아가
는 이유를
힘쓰고 애써 찾아다니는 중이다

행방을 수색하고 한 번도 완승을 거둬본 적이 없는
권태와 무료함에서 슬그머니 퇴각하려는 자아를 붙잡아 굴복
시키고는
지쳐 눕거나 덤덤히 앉아 곤한 잠에 빠진 적도 있지만
통쾌한 복수의 꿈을 포기한 적은 더더욱 없다

가끔은 스스로를 바라보며 조소嘲笑를 흘리는

내 안의 또 다른 나를 발견하고 흠칫 놀라기도 하지만
멋쩍은 웃음 뒤로 숨기는데 이미 익숙하다

몇 번인가 무단침입자들의 무엄한 소행에 부당함을 호소도 해
봤지만
나의 처사는 늘 규탄의 대상이 되고 경솔이라는 단어만 남기곤
했다

청정옥수淸淨玉水에는 물고기가 꼬이지 않는다 하여
굵어지는 주름살 골짜기를 주마간산의 얄팍한 눈요기쯤으로
채운다면
사면四面에 벽을 쌓고 하늘을 올려다봄과 다를 바가 없다는 생
각에
본래무일물本來無一物*이 담은 뜻을 되새겨 보는 중이다

* 本來無一物: 실체가 있는 것은 단 하나도 없다

세월歲月이 그러하더이다

나이가 들어갈수록
만남보다는 이별이 먼저 찾아오고
궤적은커녕 주변엔 온통 사상누각沙上樓閣뿐이고
아직 찾지 못한 길과 답은 부지기수로 쌓여만 가고
점점 겨울은 길고 봄이 짧아지더이다

묵혀둔 생각과 기억 속 추억들은 물론
조바심 내느라 뜸 들이던 것들까지
남김없이 끄집어내 줄 세우고 하나하나 간추려 보면서
오늘까지 나를 버티게 해준 것에 대하여
새삼 감사한 마음이 생기더이다

내내 밖으로만 서성이다가 제자리로 돌아온 선택 그 자체가
이런 넉넉함으로 자리하는 줄
왜 진즉 알지 못했을까 하는 생각에
깊은 회한과 함께 슬프기까지 하더이다

잠시 멈춰 돌아보기만 해도
아련하고 애틋한 그리움으로 눈에 밟히는

찾기 위해 떠나고 찾고 나면 끝나던 내가 걸어온 길
스스로 껍질을 깨고 신대륙을 발견하긴 요원한 희망 사항일 뿐
뭐니 뭐니 해도
꿈꾸는 별을 품은 겸허한 사랑만이 답이라는 생각이 들더이다

詩人이라면 진정, 匠人이라면

글을 써야 한다
어떠한 처지에 놓일지라도 글을 쓸 수밖에 없는 사람들이다
멈추지 않고 쓰고 또 쓰다 보면 스스로도 깜짝 놀랄 만한 생각
지도 못한 글을 만들어 낼 것이다

쉬이 만들어지지 않을 수도 있겠지만 글은 포기하거나 멈추지
말고 써야만 한다
쓰지 않는 것이 문제일 뿐 글 속에는 불가능이 없기 때문이며
시인의 생물학적 나이나 세상 이력 따위는 아무것도 아니다

詩는
문장의 경험 안에 있지만 그것의 저항을 경험하는 힘으로 끊임
없이 외부세계를 지향하게 되는 것이 수순手順이다

아름다운 詩는
언어言語에 미량의 독이 묻어있어야 한다고 누군가는 얘기한다

절망과 절정의 경계가 맞물린 언어들 사이를 방황하며 균열을
일으키는 사건 유발자로서 처음엔 이해 불가일 수 있으나 독에

서서히 마비되어 가고 있음을 기꺼이 감내하다 보면 오히려 그 독성으로 은폐된 부분을 뚫고 더 큰 균열의 공백을 제대로 채워 내는 것이며 중독된 언어의 은신처를 감추는 것에서 더 나아가 확연하게 달리 보이도록 하는 것까지가 시인의 몫인 것이다

詩다운 詩는

스스로 움직이는 경계요 해독제가 없는 詩를 통해 적나라하게 드러낼 수밖에 없는 치사량의 내력이며 결국은 박제가 되어 썩지 않는 반복을 거듭하는 지루한 퍼즐게임일 수도 있는 것이며

詩人다운 詩人은

경천敬天, 경인敬人, 경물敬物을 기초로 해 자기 피를 찍어서 쓸 정도로 독기를 품고 허공에 계단을 만들어 오르는 모험도 서슴지 않아야 시인이랄 수가 있다

비밀秘密도 필요해요
그 속에 해답解答이 살고 있거든요

너에게도
나에게도
누구나 하나쯤은 있지요

유지를 위해서는
훼방꾼으로부터 보호가 필요한데
반드시 거쳐야 하는 과정이랍니다

햇빛이 강하면
햇볕은 물론 자외선도 많은 법이니
세상에 알리고 싶어 애쓸 필요가 있을까요

행여
상처로 이어져
영혼의 빛깔이 변하는 것도 걱정이네요

멧돼지가 아무리 문질러 대도
꿈쩍도 하지 않는 늙은 참나무가
아직은 되고 싶지 않네요

헌신, 끈기, 단련, 절제라는 단어單語들이
수직과 수평의 적절한 조화 속 아이디어로
퍼즐이 맞춰지길 바라서요

금욕주의자는 아니지만
희생을 불사하는 인내심의 발로는
다 이유가 있어서 그렇다고 하네요

습지나 사막에 터를 잡지 않고
비록 담벼락 한편의 그늘이지만
간간이 햇살도 비치는 공간이 필요하고

더 이상 앙상한 나무 사이에서
죽어가는 것들과 함께 말라가지 않고
푸릇한 싹을 틔우는 희망 속에서 살아갈 테니

생태계의 질서를 벗어나
패닉 상태에 빠지는 것을 막을 수 있을 때까지
비밀 창고의 문門은 결코 열리지 않을 겁니다

말로만 내 탓이오

1

잠들어 있는 시간 외에는
우린 늘 선과 악 참과 거짓의 공존 속
첨예한 선택이 요구되는 삶과 마주합니다

선과 참이 왜곡되고 모순된 것이
악과 거짓일진대
탐구에의 노력이나 행함은 뒷전인 채
우린 겸손을 가장한 교만으로 감추려만 하는 건 아닌지

스스로 행한 비판이나 헤아림이
부메랑이 되어 자신의 치명적인 흠을 들춰내도
타인의 작은 허물을 정죄할 수 있을까요

제안하고 싶습니다
도토리 키재기를 이제는 멈추자구요

동일한 시대를 살아내면서도

바라보는 시선 끝에는 갈래가 있고
천양지차, 간극을 좁힐 수 없음은
서로를 인정치 못하기 때문이 아닐까요

스스로에게 관대한 잣대가
타인에게는 혹독하리만치 엄격하고
고민은커녕 시도조차 생략합니다
가벼운 평가 대상이 될 수 없음에두요

동화 속 왕자나 공주 같은
행운아는 없습니다

아무리 독불장군이라도
제 목소리를 내기란 쉽지가 않지요

2

하늘의 흐름도 땅의 흐름도
좌지우지할 수 있는 건 신의 몫이요
우린 추종자로서의 몫을 채우면 되지요

지문이나 몸뚱아리를 차지한 DNA가
우리 중 단 한 사람도 같을 수가 없는데
과도한 기대치는 기우가 될 수밖에요

신은 우리를 얼마나 신뢰할까요
신의 눈에 우리들의 행태가 어떻게 보여질까요

신은 우리를 저버리지 않았습니다
질서를 무너뜨린 흐트러진 모습을
우리들 앞에 보여준 적이
결단코, 한 번도 없습니다

우리들만 갈팡질팡 어지러웠을 뿐입니다

과거에도 현재에도 미래에도
아마, 그렇게 예비되어 있을 겁니다
고뇌의 강을 넘어 낙원에 다다르는 것이
애타는 저만의 간절한 바람일까요?

대본臺本은 바꿀 수 없으니

기다려 주지 않는 것이 비단 세월뿐이 아님을 알면서도 오늘을
사는 것이 인생이다
중간중간 작은 수정은 가능하지만 기조는 바꿀 수 없음을 알면
서도
어차피 한 번뿐인 삶이고
그것도 한정된 창문을 통해서 세상을 바라볼 수밖에 없지만
그 답답하고 버거운 현실에서 벗어나는 순간만을 꿈꾸며 삶을
이어가는 것이 우리네 인간이다

결국은, 살아지고 사라질 테지만
두 눈에서 재가 쏟아지고 손에 쥔 붓이 꺾이고 무뎌지는 순간
까지 기다리는 것은
우리를 숨 쉬게 하는 삶의 이유를 애타게 찾고 있기 때문일 게다

나무의 열매도 꽃이 꽃을 벗고 열매를 입을 때까지 기다린 후
익어간다

우린, 삶을 이어가려 때론 의도치 않게 아픔을 자초하고
삶을 그리는 붓끝에 먹물이 아닌 눈물을 찍기도 하며

아무도 알아보지 못할 감정으로 심장을 건드려 따끔거리게 해
희미한 불씨를 만들고
그 불씨에 서서히 입김을 불어 넣어 세력을 키우고
불꽃이 일렁이면
이때다 싶어 서둘러 축축하고 너덜해진 가슴을 펼쳐 모락모락
김을 부르고
끝내는 까슬하게 기분 좋은 안온함을 찾아 몸을 맡기려 함일
터이니

아직 오지 않은 미래에 대한 기억이 있을 수는 없지만 단순해
질 미래를 피하기 위해서는
예전에 폐허를 지나며 느꼈던 무시무시하고 서사적인 여운쯤
은 떨쳐버리고
한 걸음 비켜서서 스스로를 들여다보고 다스리며
다독임과 격려 속에서 기다릴 줄 아는
초인적인 노력을 경주하는 인내심을 함양해야 하리라

나는 내가 늙어가는 것을 허락할 수가 없다

나는 요즘 들어

아침마다 면도기를 손에 쥐고
거울 속에 서있는 또 하나의 나를 만나
밤새 자라난 무심한 세월을 잘라내며
스스로에게 되뇌는 습관이 생겼다

촌음도 아껴서 살거라

후회라는 단어에 발목이 잡혀서도 아니요
스스로 역사의 한복판에 서서
세월을 호령하지 못한 한스러움에서 나온
자괴감 섞인 독백은 더더욱 아니다

얼마나 남아있을지 모르는 남은 생을
감사함과 소중함으로 살아가야 할
확실한 이유를 찾아냈기 때문이다

그것은 가까운 과거에 누군가 내게 다가와

진정 사랑하며 사는 법을 찾아주었기 때문이다

나는

나는 매일매일을 온 힘을 다해 살아낸 후 잠자리에 들려고 노력합니다

비움과 채움의 적절한 조화를 통해 긍정적인 마인드로 건승하는 나날이기를 소망하며

침대를 벗어나는 순간부터 몸을 정갈히 하고 마음을 간추려, 몸과 마음을 씻습니다

몸은 유연하게 흐르는 물에 맡기고 마음은 신을 향한 감사의 기도로 갈무리합니다

지극히 당연한 수순일 뿐 전부는 아닌 것이, 삶은 현실일 뿐이라는 말에 끄덕이고 싶지 않을 때도 가끔은 있기 때문입니다

상상의 나래에 빠져들다 보면 나이에 걸맞지 않게도 동화 속 나라에 머물기를 꿈꾸는 것은 기본이요

감히 과거 속에 갇혀 꼼짝 못 하면서도 지금은 물론 미래를 향

한 관심에도 소홀함이 없다, 늘 우겨대기 일쑤이며, 불꽃이 피어 올랐던 순간순간들이 내 탓 아닌 것이 하나도 없다는 설득에는 수긍을 하면서도 아직 갈피를 못 잡고 있답니다

결국은 빌미도 내가 만들고 변명도 나의 몫이며 과정도 내가 걸림돌이었다는 것을, 곧 철저히 나로부터 비롯되었음에도 승복의 결단만큼은 하늘의 몫이라는 핑계를 앞세운 아집이었다는 것을 알고 있긴 하답니다

처음부터 내 것이 아니었거나 내 탓이 아닐 수도 있다는 것을 빌미로 끊임없이 탈출을 시도해, 생소한 길을 따라 나름은 뚜벅뚜벅 걸어온 발길이었다 자신하면서도 도전적인 걸음에 얹을 수 없는 것들이 너무 많다는 아쉬움 속에 살고 있답니다

화석화된 영역의 빗장을 과감히 풀고 미련 없이 적선을 실천하며 있는 그대로 솔직하게 마주하면 되는 것을…

권유勸誘

행여 살다가
　　살아가다가

힘이 들면
　　잠시 한숨 돌리고
　　잠시 웃음 지으며
　　그만하면 되었다고
　　스스로를 격려하며 다독이세요

인생人生 8할은 잊어버려도
상관없는 것들이며
인생人生 60부터는 어느 정도는
잊어야 살 수가 있다고 하지요

무언가를 잊는 것은
건강한 망각이랄 수도 있는데
잊는 데도 힘이 필요하다 하니
더 늦기 전에 실행을 해야 합니다

가장 좋지 않은 것은
나만 참으면 된다는 생각입니다
굳이 좋은 사람이 되어야 한다는
고정관념을 버리고 적당히 하되
대신 꾸준히 하면 되는 것이지요

흘리는 땀은 타인을 위해서가 아니라
스스로를 위한 것임을 자신하고
생각은 말로 옮겨야 힘이 나는 법이니
상상보다는 실현의 용기가 필요합니다

길은 걸으면서 만들어진다 하니
우연은 우연히 일어나지 않음을 알고
기적은 노력하는 사람 앞에 나타남도 알아
앞을 가로막는 벽을 헐고 문을 여세요

긍정적인 마인드로
몸도, 마음도
건승하시기를 권유하며 기도합니다

그림자에 대한 소고小考

어둠 속에서는 그림자를 만들 수가 없다
빛 하나만으로 그림자는 만들어지지 않는다
빛과 피사체, 그리고 담으려는 자者의 의지는 물론
순간 포착이라는 경이로운 작업 등, 모든 조건이 충족되고
하나가 되려는 마음들이 어우러진 후에야
우리는 비로소 혼이 담긴 그림자와 만날 수 있게 되는 것이다

실상實像과 허상虛像의 모호한 경계를 오가는 애매함이 아니라
눈과 눈동자와 망막에 머물다 기록된
철저하게 팩트를 기본으로 한 또 하나의 침묵 속 언어일 뿐
격렬한 아이러니나 효과를 극대화한 욕망의 발로는 아니라는
뜻이다

그림자는 지친 영혼을 위로하는 실체에 대한 그리움이요
어쩌면 가장 아름다운 응시이며 존재에 대한 탐구영역이다
부재의 존재론 같은 치열함이 아니라
품고 있는 내면적 진실을 찾아
혼, 곧 생명의 부활을 꿈꾸는 어쩌면 파격이랄 수도 있는데…

겉모습만으로 확연하게 구분되는 생물과 무생물의 그림자도
깊이와 구조까지 동적動的인 것과 정적靜的인 것으로 확연하게
구분이 될까
내음과 감촉의 교감은 이루어질 수는 없는 것일까
생명을 품었든 화엄의 바닷속을 헤매든
우리들 눈에 잡히는 형상形像이 촉촉함마저 없는 허무의 범凡
속이어야 할까

필부匹夫의 갈지之자 걸음

1

오늘
맑은 술 한잔이 간절하다

이제껏
마신 술잔 수보다 많은 사연들 속
만남과 헤어짐의 흔적들을 안주 삼아

꿈이 있었다
적어도 필부 정도는 되리라는

내 가쁜
삶의 언덕배기에 걸쳐진 세월이
출처는커녕 목적지도 묻지 않고
지난 생을 잘라내고 있다

돌아뵈는 길은
저만치 아득하기만 한데

머문 시선 끝에 잡히는
걸어온 삶이 떨구고 간 파편들이
갈지자 걸음 뒤로 수북하다

2

이제 돌이켜 세운다 한들
희미한 망막에 머물다 갈 그림자뿐일 것을
발걸음 닿는 그곳이 내가 가야 할 길인 것을

일탈을 꿈꾸는 자의
빈말과 허황된 꿈으로 찾아가는,
무늬만의 해방공간이 아닌,
밝고 명쾌한 영감으로 본성이 되찾아지고

오욕칠정 중에서
없어서는 안 될 몇 개쯤만 골라 손에 쥐고
내게만은 익숙해진 갈지자 걸음으로,

위태로워 보이지만 전혀 위태롭지 않게
거침없는 발걸음으로 뚜벅뚜벅 걸어가 보리라

바라기는
늘 그 자리에서 불 밝혀 지키고 선
물푸레나무 같은 벗 하나 있으면 원했는데

3

온 나라가
장맛비에 잠기던 날
원하고 그리던 벗들을 만났다

일상의 숨결이 아닌 들숨
빛바랜 기억을 토해내는 날숨

세월 속 추억들이
화석이 될 것을 우려해

잊혔던 청구서를
소환해 본 애틋한 순간

아련한 시절에 함께했던 벗들을
정겨운 이름으로 마주했다

파인 주름과 구부정한 허리엔
훌쩍 지나버린 세월이 담겨 있고

허공을 맴돌던 어릴 적 이야기가
환골탈태의 수순을 밟고 있었다

미완의 그릇을 깨고
시원의 알껍데기를 조각조각 열고있는
벗이 찍어준 사진 속 우리는
어느새 70대에 접어든 노인이로세그려
세월의 무상함에 화들짝 놀라
스스로를 돌아보며
깊게 자책하는… 날

침묵沈默은 은銀이다

1

'세상은 환幻이고 산다는 것은 꿈꾸는 것이다'
이름이 아슴한 어느 작가의 글에서 읽은 구절인데
꿈과 허깨비, 거품과 그림자
곧 인생의 헛되고 덧없음을 얘기하는 금강경金鋼經의 몽환포영
夢幻泡影에 공감해서 쓴 글일까요

굴러가는 바퀴와 그 바퀴를 굴리는 동력이 만나 지나온 자국
속에서 꿈을 줍지요
보름달처럼 떠오르는 그날의 기억들이 벅찬 오늘을 끌고 가는
동력이 되고 기쁨이며 낙이 된다는 생각입니다
집념처럼 올곧게 굴러가는 바퀴가 힘든 줄 모르는 것은
사치스러운 장식품이 아닌 소중한 분신이며 스스로를 찾아가
는 익숙한 통로인 때문이지요

모태의 본향을 떠나 생명의 간절함을 손에 쥐고
소망을 담은 자아를 키우며 이어온 가슴 시리게 그리운 날들이
주마등처럼 뇌리를 스치며

담담해진 모습으로 자연스레 일상에 스며들어, 이제는 떠올림
만으로도 자리를 채울 뿐이니
　가끔은 힘겨웠을 멍에 정도는 얹고 가야 할 분명한 이유가 있
다고 입을 열어 외치고 싶습니다

2

또 다른 나를 발견하고 척주를 바로 세우는 방법을 찾기 위해
동적인 입술과 꽉 다문 침묵 사이를 쉴 새 없이 오가는 중입니다

생각하고 느끼는 것만으로 빈 가슴을 채우려 노력하면서도
　단호한 결정을 앞두고서는 치명적인 단점을 감추기 위한 숨바
꼭질과 비겁하게 고민하는 나태를 주고받으며
　너무 가볍게 살지 않았나 챙겨보는 색다른 습관과 교감하는 통
로도 만들어 두었답니다

재담꾼, 입담꾼, 호사가…

지금, 그대들 가슴의 안위를 묻고 싶습니다만
아무래도 잠시 미뤄두어야 할 것 같습니다
텅 빈 공간을 지배하려는 스스로의 영혼으로 선택한 결정이
혼자만의 고독 속 이룸은 아니었을 것이라 짐작이 가니까요

한 사람의 입에서 나오지만 불특정 다수의 귀로 들어가는 것이
말이지요
진정한 창조는 침묵 속에서 이루어진다, 말을 하지 않아서 손
해 보는 법은 없다는 설왕설래가
제각기 설 자리를 찾는 지금
도덕적 위기의 순간에 중립을 지킨 자들을 위해 예약돼 있다는
지옥의 가장 뜨거운 자리를 피하기 위해서라도
모든 문제의 시작일 수도, 인격이 주는 보답일 수도 있는
말과 침묵 사이의 시야를 넓혀
새로운 시각, 또 다른 관점의 접근을 해봐야겠습니다

물론
즉시 손사래 치며 입을 열어 답을 하시든
금이라 평가되는 침묵으로 일관하시든

귀하들의 자유의지를 존중하는 것을 전제로 말씀입니다

초심불망初心不忘, 수적천석水積穿石

새삼
궤적軌跡과 공적功績이라는
말 속에 담긴 의미를 되새겨 본다
초심을 잃지 않겠다더니
하나하나의 물방울이 바위를 뚫게 하겠다더니
작금의 사태가 만들어 낸 민낯들은
아전인수랄 수도 없는
한계를 드러낸
교활하고 앙칼진 눈빛만 남겨놓았다

허리춤에 붙박이 된 주홍 글씨
전대의 의미조차도
설명은커녕
맹세는 언제나 물거품 같은 것이라는
달려오던 열정의 허탈만 손에 쥐어주었다

불편부당한 역사 속 이야기를 배우던 때에는
그 분노를 작은 주먹 속에 감춰야 했고
자아를 정립시켜 보려 애쓰던 갈망의 시절에는

절망과 고통의 피눈물이 운명이 되었고
오늘은
춤사위가 다른 두 그림자의 또 다른 그림자로
희망도 꿈도 없이 끌려가는 수인처럼
전장의 폐허 위를 걷는 듯하다

영원한 사랑이란 없을 수도 있겠지만
영원한 단절로 물꼬를 돌리려 해서 될 말인가

암울한 시대를 바라보는 시선이 슬픈 것은
이 캄캄한 어둠 속에서도
다시 태양太陽이 뜰까 하는 자괴감自愧感 때문이 아닐까

참척慘慽보다 더한 슬픔 그리고 죄스러움

삶은
기적이요
축복이며
한 편의 시詩로세

하물며 인문학은
간추려지고 절제된 영역領域의 시詩라는 장르에 겨우 머무는 끼
임돌이 아닌가

하여, 이 시대時代를 살고 있는 우리는 누구나 시인詩人이라 인
문학자人文學者라 해도 무방하니 뉘시든 굳이 스스로를 시인이라
인문학에 속해있다 우겨대지 않아도 될 듯하이

선각들이 뼈를 깎고 선혈을 토해내며 고뇌 속에서 이루어낸 쾌
거에 동승코저 하는 우리를 향한 그분들의 간절한 바람과 당부를
잘 알고 있지 않은가

바라건대, 돈을 주고 차지하게 된 명패, 타인이 목숨을 담보로
담아낸 글과 사진을 마치 제 것인 양 끌어다 쓰는 부끄럼이 멈춰

지고, 현시대를 살아가기 위한 생존법 그 구태의연한 행위를 멈
추라, 강한 톤으로 권하고 싶으이…

  선각先覺들의 권유를 다시 한번 새겨보고 이름 뒤로 시인이나
인문학자나 평론가나 文人이라는 토씨를 달았으면 좋겠네

  함부로 시인은, 문인은 수없이 많아도
  세상에 제대로 섞이는 글쟁이가 쉽지 않음을
  우리 알지 않은가

  진정
  시인들이여!
  문인이라 자처하는 이들이여!
  무늬만 평론가요 인문학자요 가끔은
  무늬도 못 만드는 추종자들이여!

  그대들은 평안하신가?

  불편커든 벌떡 일어나 가슴을 토해내 보시게

위정자들을 향한 질책과 쓴소리 한마디라도,
푸른 언덕 너머에서 벌어지는 함몰과 너울이든, 회오리와 기근
이나 코로나나 산불이나 테러나 전쟁, 행여 쩍쩍 갈라지는 대지
진이든 내놔보시란 말씀일세

청맹과니마냥 아둔하기만 한
우물 안의 개구리처럼 좁아터진 식견으로
충분히 용감하지 못해 비겁했던 시절을 벗어나지 못하고 아직
도 침묵은 금이라 하실 텐가 부러진 화살처럼 의지마저 꺾여 길
섶에 주저앉아만 있을 텐가

오래전 입안에 혀 같았던 벗을 아무렇지도 않게 보내주었다네
몇 구비 세월의 모퉁이를 돌고 돌아내며 결국 거친 호흡을 불러
허공을 흔들어대던 끽연을

하얀 망사에 가려진 매혹적 자태와 은밀한 내음, 타닥타닥 타
들어가는 터질 듯한 붉은 돌기의 향연, 그 치열한 유혹을 감아오
르는 은빛 실루엣과의 과감한 결별 후 걱정과는 달리 데미지는
커녕 무덤덤 그 자체로세

그만하면 되었느니

무언가 특별함을 위해 거짓과 위선으로 포장하는 고된 작업,
　소탐대실의 극명한 결과를 간과한 견지 망월의 독선적인 선택
인 것을 알면서도 도를 넘지 않기만을 바라는 이치는 어찌 설명
해야 할지…

그대는
아직도 시인이라 우기실 텐가
아직도 인문학을 논한다며 비겁하게
눈 가리고 아웅다웅하실 텐가

가슴에 필을, 붓을 쥐었던
순수함을 잃어버린
오염된 손이
아직도 겁나게 자랑스러우신가

짜집기는 가끔 명시적으로 필요할 뿐 이쯤에서 우리, 맞다 인

정해야 할 것 같으이
  정말 부끄럽다고
  아마도 호랑이에게 금연 구역이 필요 없던 시절부터일 것이
니…

  * 한강 시인의 노벨 문학상 수상의 영광스러운 쾌거를 다시 한번
  축하드리며…

한번 발을 담근 강은 기필코 건너야 한다

1

요즈음 들어
강변에 서는 날이면
알지 못하는 사이에
두 손은 강물에 잠겨있다

굽이쳐 흐르는 세월을
움켜쥐어 보려나
자맥질한 지난날을
건져보려 그러나

손가락 사이로 빠져나가는
한 움큼도 쥘 수 없는 물처럼
빠져나가 버린 삶의 알갱이들이
야속하다 못해 애가 타지만

부표처럼 떠있는 수초줄기에서
감춰진 생명의 숨소리를 찾아

살아낸 자취와 견주어 보며
체념을 거두는 소중한 교훈을 얻는다

2

건널 수 없는 강은 없다
한번 발을 담근 강은
기필코 건너야 한다
거친 먼지 속 바람도 뚫고 지나왔으니…

닳아 없어진 세월을 뒤로하고
여태껏 사용해 보지 못한 시간을 가지려고
강 건너 자생초 마당에 뿌리를 내리기 위해
가슴까지 차오르는 시퍼런 흐름에 몸을 맡긴다

옆구리를 간지럽히는 물고기 한 마리가 지느러미의 파닥임으로
살아있음을 전하고 콩닥거리는 가슴에 와닿는 부드러운 물길이
표주박처럼 둥둥 떠가는 슬픔을 위로한다

저만큼에서 노를 저어
쉬이 강을 건너는 사공의 나룻배가
그리 부럽지 않음은
비단 나만의 객기일까?

잠시 후면

가운데 서있는 사람을 오른쪽에서 보고 왼쪽에 있다고 하고
왼쪽에서 보고 오른쪽에 서있다고 하는 억지
우리네 삶 속에 너무나 많아서 슬퍼
모순어법과 직, 간접화법의 차이도 설명을 못하면서 말이지

수십 년을 살고도
떠나간 것들과 작별할 줄도 모르면서 이별 시詩를 읊조리고
해탈과 허무를 만지작거리다가 주머니에 넣어둔 채
해답을 구한다는 명목으로 먼 길을 떠나질 않나
하늘과 바람과 별을 제 것인 양 끌어다 사랑과 이별을 노래하며
정작 스스로는 못질한 가슴속에 가둬두고 무표정한
자칭 시인들이 경이로울 뿐이지

무작정 자리한 듯한 번뇌 속 진한 눈물의 출처를
적어도 시인이라면 짐작이라도 해내야지
소멸된 화두話頭를 찾고 기억 속에 남아 있는 뿌리라도 더듬어
음절과 단어를 불러
억울하게 유폐되어 변방을 헤매는 마음들을 불러 모아
발자국의 내력이라도 헤아려 보고 돌파구를 찾아내야지

잠시, 틈만 보이면 자라나는 허무와 포기의 싹을 잘라내고
  햇살이 비추고 비도 간간이 뿌리는, 밝음과 어둠이 공존하는
텃밭을 일궈내야지

언 땅을 헤집어 봄을 캐고
개구리와 매미를 울려 여름을 견디고
불가사의한 조화 속에서 가을을 거두며
동백 속에서 매화를 불러 겨울을 녹이는 사이

잠시 후면
낯선 언어에서 빠져나와
계절이 떠나며 열어놓은 덧문을 지나
낯익은 언어 속에 자리매김한
스스로를 발견할 수 있을 테니까

시인이여
시인들이여 깨어나라

무표정 속에 갇힌 끝없는 열망을 꺼내어
무질서 속의 질서를 찾고
냉가슴을 녹이는 초월적인 사랑에 더해
그 자리를 떠나온 것은 누구도 아닌 자신이라는 겸손과
더 이상의 침묵은 바닥도 모를 깊이일 뿐이라는 깨달음을 통해
자학이나 자족이 문제가 아니라 끌고 가는 힘이 관건인 것을
직시하는 것이 우선이라는 것을 몸소 보여줘야지

어느 무명시인의 독백

통곡을 쏟아내던
어두운 하늘 물러나고
부서지는 햇살 내려앉은 가을 뜨락에

일곱 빛깔 무지개가
꿈처럼 자리하고
나그네의 여정은
황금빛 노을을 찾아 나섭니다

그리움 속으로
낭만을 찾아 걸어 들어가는
발길 아래엔
스치듯 가을이 지천입니다

무엇과도 바꿀 수 없는 소중하기만 한 세월은
또 하나의 계절을 만들어
손에 쥐여주고는

창밖을 지나는 무심한 바람처럼

시간을 덥석 말아 들고 떠나가기 바쁩니다.

다가오고
머무르고
짧은 만남 뒤
긴 이별을 남기고 갈
순간순간들을
그냥 의미 없이 흘려보내 버릴 수 없음에

누구나 시인이 된다는
이 아름다운 가을날에

다하지 못한 이야기 되어
땅위를 구르는
낙엽 닮은 독백을
가슴 가득 쓸어 담아
한 줄 시를 만들어 보렵니다

축원을 담아

또박또박 써 내려간
가을 편지를 들고
빨간 우체통을 찾아 나설 겁니다

가을 정취 듬뿍 담긴 답장을 설렘으로 기다리며
수신인은 주소가 필요 없는 우리 모두로 하구서요

인생人生이니

생명처럼, 붉게 떠오르는 태양과의 조우
말이 통하지 않아도 우린 친구가 아닌가
진정 아름답고 싶은 날의 아침이면 강렬한 빛 앞에 주눅 든 마
음을 풀어 말리곤 한다

피어오른 물안개, 그 작은 입자들에 반사되어 윤슬로 흐르는
은빛 강물 앞에서 오히려 천진난만한 아이가 되는 것이다

쓸어 담아 온 강변의 정겨운 속삭임이 오늘 하루를 살아낼 양
식이라 다독이며 하루 앞에 선 내게 묻는다 삶을 향한 갈증과 식
욕을 멈출 수 있는지 잠들어도 잠들지 못하는 영혼으로 가녀린
숨결을 토해내고만 있을 것인지

잘라낼 것은 단호히 잘라내야 한다 도려내고픈 부분도 내 것이
요 삶은 사는 것이 아니라 살아지는 것이며 그날그날의 몸과 마
음에 따라 달라지는 것 아닌가 비워진 세월 속에 드리웠던 눈먼
낚싯대에 이만큼 낚였으면 되었음 직도 하련마는 강 건너 불구경
하듯 대책도 없이 서성이는 삶의 여정만 아니라면 잠시 흔들어대
는 생각과 정보의 불통으로 온몸으로 써오던 삶을 멈출 수는 없

음이며 열정과 갈망 속 촉수를 거둘 수는 없음이다

　담아둘 가슴이 없어 슬픔을 모른다는 나비도 날 수 있는 날개
가 있어 외롭지만은 않다 하니 짓눌린 가슴으로 운명의 중량에
가라앉아 마냥 기다릴 수만은 없음이다

인생人生에 정답은 없다?

정말 그럴까
살아서 이룸은 없다는 것이 정답일까

유체 이탈을 해서라도
들여다볼 수 없으려나
마음 하나 묻을 곳 찾지 못해
바람 한 줌만 불어와도 발자국은 어지럽고
바위 하나 얹고 가는 듯 그림자도 천근만근이라네

길었던 떨림 잦아들고
커가는 설움 멈춰지길
뜨거운 숨결 토해내며 아팠던 날들 딛고 서서
하늘 향해 고개 들어 날마다 기원祈願해 봐도
몸살겨 앓아누운 부유하는 내 인생은
손에 잡히지 않는 요원한 신기루로세

없다라는 것이 정답이라는
역설적인 듯 구차스럽기만 한 이유가 오늘, 나를 슬프게 하네

타박타박, 손에 쥐고 걷던 추억 속 꿈의 한 자락을 들춰볼까
숨죽여 온 주검 같은 수천의 날들이 하나둘 잠에서 깨어날까

염세주의자들을 혐오하면서도 흉내조차 내지 못하고
세월과는 더욱 친숙지 못해
남아있는 것이라곤
탁배기 한 잔만큼 커가는 설움에
희망가 읊조리는 어지러운 발자국과 씨름하는 그림자에
아직은 먼 겨울 숲의 울음소리를 소환해 들으며 젊은 날의 바
람 소리를 더듬는 손 하나에
꼬리를 물고 이어지는 상념想念, 상념들 사이에 머물며
덤으로 얻은 하나
횡단보도 앞 모여 섰던 행인들 모두 건너가 버린 텅 빈 도로에
홀로 남겨진 듯한 무한한 자유뿐인데
정답正答을 찾겠다니
과연 탈속脫俗의 궤적에 편승便乘이라도 할 수 있을까

여행은 이어지는 꿈이다

해는 노루 꼬랑지처럼 짧아지고
밤은 돌돌 말린 새끼줄처럼
길어지는 계절이 코앞입니다

수확을 끝낸 텅 빈 들판은
마지막 요란스러운 가을비에 젖어 누워있고
이 비 그치고 나면 어김없이
동토凍土의 긴 침묵으로 이어지겠지요

그렇다고 나도 따라
동면의 영역에 몸을 맡기는 것은
유죄라는 생각입니다

무거운 것보다 가벼운 것이
몇 배는 더 낫다는 생각에 기대어
새로운 만남을 찾아 여행을 시작하곤 합니다

얻고자 함이 아니라
비우러 가는 것이지요

비워내고 나서야 비로소
또다시 채울 수 있는 여백이 주어지니까요

일용日用이 묘용妙用이라시던
어느 노스님의 알 듯 모를 듯한 말씀 속에 담긴
깊은 의미를 공유하고 싶기도 하구요

그렇게

나는, 가을을 보내고 겨울을 맞이할 것입니다
여행은 멈춰지지 않을 거구요

어느새 비가 그치고
건너편 산허리에 걸린 운무만이
내 맘 아는 듯 흐릿하게 시야를 가립니다

밤을 타고 넘어
새벽으로 가는 빗소리

심경법어 心經法語

소설가 박경리 님은

불이不二를

내가 세상이고 세상이 나라는 것은 물론

사랑과 미움이

기쁨과 슬픔이

자유와 속박이

그리고 앎과 모름이 절묘하게 어우러져

확장과 축소를 이룬다는 것을 깨닫고

그 모순의 역설적 진실을 인식하는 것이

불이不二를 알아차리는 징검다리라 했다

색불이공色不二空 공불이색空不二色

색은 물질적 존재요

공은 실체가 없다는 연기緣起의 이치로

형상이 있는 것과

형상이 없는 것이

색色은 공空과 다르지 않다는
반야심경般若心經의 한 구절이다
실체와 실체가 없는 공허…

색즉시공色卽是空 공즉시색空卽是色

물질적 존재는
고유의 존재성이 없고
본성인 공空이 바로 색色인
연속적 인연으로 이어진 것이다

나는 크리스천이지만
불교 용어佛敎用語를 참 좋아한다

서경

시경

역경

논어

중용

대학
예기
맹자…

특히 심경법어心經法語 中
16자의 말씀 인심도심장人心道心章의 글

인심유위 도심유미 유정유일 윤집궐중
人心惟危 道心惟微 惟情惟一 允執厥中

"사람의 마음은 위태롭기만 하고
도를 따르는 마음은 지극히 희미하니
정밀하고 한결같이 하여 그 중용을 잡을 수 있어야 한다"는
심학心學의 근원이라는 주장에 동의해서다

기억記憶의 선택選擇

여력이 있고
의지도 확실하고
분별력까지 갖추고 있으면서도
막연한 훼방꾼인 두려움과 불안이라는 울타리에 갇혀 실행에
옮기기를 주저하다
결국은 후회라는 단어와 마주하게 되는 순간이 비일비재非一非
再하다

삶은

소소한 일상이 단호한 생각들을 만나
각별한 터전에 깊숙이 뿌리내리는 특별한 여행이다

길이 있어서 가는 것이 아니라
내가 가면 길이 생기는 것이라고 끊임없이 스스로를 부추기며
이 아름다운 경험을
지속이 가능한 행복으로 곁에 붙잡아 두기 위해 걸음을 멈추지
못하고 있다

가자, 가보자!

가다가 중지해도 간 만큼은 이익 아닌가

담자, 필 끝에 담아두자!

또렷한 기억보다 희미한 연필자국이 낫고
거미줄도 여러 가닥이 뭉치면 사자도 묶을 수 있다지 않은가

하여 나만의 궤적창고軌迹倉庫를 만드는 중이며
질서가 잡힐 때까지, 마지막 퍼즐 조각이 맞춰질 때까지 멈추지 않을 것이며
생각의 얼개를 제대로 잡기 위해서도
백문이불여일견百聞而不如一見이라는 검토할 고考 자字
고언考言에 기대어 살아가려 한다

소멸消滅과 적요寂要 사이에 숨은 명료한 답을 찾으려는 과욕過慾이나
격한 성취를 탐하거나 희열만을 맛보기 위한 구태가 아니라

수천 회가 넘는 문답을 주고받으며
군이 시간으로 환산하자면, 평생에 걸쳐 이제서야 희미하게나
마 길을 찾게 된 쾌거다

요즘 들어

또 하나 매력적인 단어單語와 친해지는 중인데, 쇼트 슬리퍼
(short sleeper)다

하루 수면시간을 4시간 정도의 루틴으로 맞추기 위해 노력하
고 있는데
벤저민 프랭클린, 토머스 제퍼슨, 레오나르도 다빈치와 나폴
레옹도 걸어간 길이라는
한비야 님의 귀띔에 힘입어서다

안주형 인간이 되고 싶지 않은 바람도 간절하지만
얼마나 남아있을지 모를 내 인생의 선택 폭을 조금이라도 넓혀
기억 속에 더 많은 것들을 갈무리하기 위해
값진 로드맵으로 단단히 자리케 하려 애를 쓰는 중이다

당신은 나를 만나 아름다웠습니다

첫눈에 반하고 첫 단추를 잘 끼우고 첫인상이 좋아야 한다지만 하나하나가 결코 쉽지 않은 일이라는 것을 우리는 너무나 잘 알고 있습니다

시작과 끝
출생과 죽음
먼저와 나중…

자꾸만 주눅 들게 하는 거북스러운 단어單語들에게서 이제는 자유로워지고 싶지만 바람처럼, 결코 쉽지가 않다는 것을 살면 살수록 더욱 실감하게 되는 요즘입니다

성서가 말씀하는 영원永遠인 알파와 오메가도 결국은 66권券을 벗어날 수 없음을 신神의 영역領域이라는 카테고리에 묶어두고 인간이 생각하거나 책임질 수 없는, 불가능에서 자유로울 수도 없는 감히 평가조차도 불가한 부분으로 치부하고 맘 편히 외면해도 되는 것일까요

우리네 인생人生의 일분일초도 누군가 대신 살아줄 수가 없습

니다 오늘도 우리는 우리 인생을 우리가 살아야 합니다 주춤주
춤 뒤돌아보며 누군가의 눈치를 볼 여력이 없음을 늘 염두에 두
고 살아가도 쉽지 않은 것이 인생임을 우리는 경험을 통해 잘 알
고 있습니다

끝은 마지막이라는 것은 살다 보면 저절로 만나지는 하찮은 것
으로 대수롭지 않게 생각해야 하고 허락된 스스로의 삶을 최우
선으로 사랑해야 합니다

자신의 삶을 향해…

소중하고
　　아름답고
　　　　사랑스러운
　　　　　나의 인생人生이여!

당신은 나를 만나 너무나 아름다웠습니다
당신은 나를 만나 너무나 행복했습니다

당신은 나를 너무나 소중하다, 사랑해 주었고 덕분에 너무나
아름다운 삶을 살고 있다고 목청을 가다듬어 외치고 싶습니다

사람이 아름다운 것은 늘 부족함이 있기 때문이라지요 그 부족
함을 채우기 위해 열과 성을 다해 살아가는 모습이 비교할 데 없
이 아름답기 때문이 아닐까요

아무리 뒤척여 봐도 밤의 끝은 잡히지 않고 새벽이 오고 태양
의 힘을 빌리고 나서야 어둠에서 빠져나올 수 있다는 사실을 잘
알면서도 살다 보니 어쩌다 덤으로 얻은 행운쯤으로 가벼이 지나
치는 것은 아닌지, 스스로를 돌이켜 보며 깊은 고민과 성찰이 필
요하다는 사실을 한시도 잊어서는 안 될 것입니다

얼마나 남아있을지 모를, 내게 남은 시간은 최선을 다하는 삶
으로 채울 것입니다 세상을 쏘다니며 마주했던 운명적인 것들과
함께하며 경험한 작은 것 하나까지 놓치지 않고 불쏘시개 삼아
머물다 가는 마지막 순간까지 불꽃을 피우고 그 불꽃 끝에서 아
름답게 산화하리라 다짐합니다

마치 연인들이 속삭이듯
밤을 타고 넘어 새벽으로 가는 빗소리를 들으며…

긍정肯定의 변辯

현실現實과 이상理想 사이의 간극을 좁힐 수 없을 때
대부분의 사람은 도피처를 찾게 되는데
얼마지 않아, 동경하는 명언名言과 같은 삶 속에 안주할 수 없음
을 알게 되곤 또다시 방황을 이어간다
그 누구의 것이 아님도 잘 알고
알량한 공감만으로는 핑계의 답이 되지 못한다는 것을 알면서도
고집스럽게 핑계를 앞세워 스스로에게 주어진 업보라는 것을
쉽게 인정하지 못하는 것이다

스스로 자신에게 무책임한 결과로 얻어진 폐해를 감내한 후
멈추게 했던 순간을 펼쳐 다시 제대로 된 생각을 이어가기 위
해서는
누구에게나 주어지지만 결코 단 하나도 같은 생각으로 귀결될
수 없음을 인정해야만 가능하지 않을까

승복을 거부함으로 파생된 고통은 순간이 아니라 진행형이며
어쩌면 생을 다하는 날까지 지울 수 없는 흔적이 되고
지켜내지 못한 자의 비겁한 변명으로 각인되어
현실과 이상의 거리는 한 치도 좁혀질 수가 없으며

결국은 자기 세계 구축에 실패한 자의 비명소리만 난무하게 될
것이다

역겨운 말장난에 중독되고
관조의 가면 속에 스스로를 가둔 피폐한 영혼은
더는 설 자리를 찾을 수 없을 정도로 기력까지 고갈된 채 생뚱
맞게도 또 다른 삶의 영역을 꿈꿔보지만
구차한 삶을 연장해 보려는 뻔한 수작임이 밝혀지고
오히려 의식은 혼돈의 세계로 빠져들고 말 것이다

파도가 높다 하여 바다를 다 퍼낼 수는 없다 하였으니
긍정적 고독에 순응하는 용기가 필요하고
설령 응급 상황이 아니라도 피해 갈 수는 없음이니
죽음도 삶의 일부라는 고상한(?) 억지 말고는 답이 없음을 인정
한 후
잘라낼 것은 단호하게 잘라내는 결단을 권하노니
운명이라 치부하지 말고
스스로가, 그 누구도 아닌 자신의 삶을 진솔하게 진단해 보고
긍정적인 마인드로 건승하길 소망한다

처음처럼

병 없이도 앓는 척하는 자가 있다

자물쇠가 채워지지 않은 방문조차 열지 못하면서 하루 세 끼는 꼬박 챙긴다

달콤한 시간을 공짜로 즐기면서도 한 점 부끄럼도 없이 때가 되면 그냥 피었다 지는 꽃을 흉내 내듯 걷다가 쉬고 쉬었다가 다시 걷는다

두려움을 핑계로 가끔 숨기도 하지만 자기연민 때문에 얼마지 않아 모습을 드러내고 만다

화해와 용서는 버림받는 것이 두려워
먼저 자청해서 먼저 매를 맞는 편이다

한 번도 진지하게 해보지 않고, 만난 적도 없으면서 사랑과 이별 얘기를 밥 먹듯 한다

존재存在와 소유所有의 경계를 넘나들며 시공간적 좌표를 무시

하고 절망의 메시지는 가능하면 외면한다

모든 것들이 다 흘러가도 흘러가지 않는 것이 있다고 항변하며 멈춤을 익힌 순간, 머물러 있는데도 가는 것이 있다고 설득한다

이헌령비헌령을 쉼 없이 읊조리며 과거, 현재, 미래를 아우르는 오지랖으로 불가사의한 인생을 번역하느라 스스로를 소진한다

작은 기적이라도 만나기를 소망하는 이들에게 위로와 희망이라도 선물하기 위해 동분서주하며 달이 기울어 꺾이기 전에 별이 뜨게 하기 위해 탄식을 억누른 침묵으로 새벽을 기다리며 과거와 현재의 근원이 되는 미래의 기억 속에 세상의 모든 생명이 삶이라 부르는 모든 것들을 붙들어 각인시키는, 초록별에 머무는 동안 멈춤 없이 시간 여행자로서의 사명을 나름 다하려 노력 중이다, 처음 생각처럼…

천재일우千載一遇

굳이
깊은 산속의
암자庵子를 찾지 않아도

나를
떠나 있던
나를 불러들여

내게
두 귀를
기울이고

가슴
깊은 곳의
침묵과 고요를

나지막이
불러내
가까이 두고

스스로
침잠해 보는
결단의 실행은

가식을,
소란스러움을,
과감히 떨쳐내고

진면목에
한 발짝 다가서는
소중한 기회機會를 얻게 되리라

어느 老詩人은
"산다는 것은 나를 견디는 것이니
달의 지평선에 지구별이 뜨면
나는 어느 날엔가 거기 있을 것이며
그때까지는
내게 표 내어 인자하기만 한 사람들에게
꾸준히 잔인할 것이다"라고 말했지요

천천히 그리고 쉬엄쉬엄

모차르트는

인간人間의 삶 속에 여행이 없다면 보잘것없는 한낱 피조물일

뿐이라고 했다

꼭 무엇을 얻기 위함이 아니라

자연과 하나 되어 함께 느끼는 것을 의미하는데

아무것도 바라지 않을 때 비로소 진짜 여행이 시작된다는 얘기

일 것이며

쉬어가는 여유가 동반될 때 볼 수 없던 것들이 눈에 들어오기

때문이기도 할 게다

무한한 모험과 영감의 세계에 발을 디디는 순간

힘과 사랑은

바늘 가는 데 실이 가듯 절로 자리하고

자연스럽게

원하는 변화를 선물로 받게 되는 것이다

끝 모를 어둠 속을 헤매다

겨우 벗어나 빛이 쏟아지는 통로를 찾아 걷다 보면

고단했던 순간들은 허리를 펴고

축복처럼 햇살과 마주하듯이
방금 떠나온 어둠은
영원한 어제가 되어 추억의 책장 한편에 소중하게 갈무리되느니

조갈燥渴 나던 초라한 젊은 날의 마른 호흡이 멈추고
허공을 흔들던 바람도 세월의 모퉁이를 빠져나와 나직한 읊조
림으로 자리해
내 깊은 그리움을 잠재우는 날까지
천천히, 쉬엄쉬엄 그리고 꾸준히
나는 내 나라 한국韓國의 산하山河를 찾아 헤매는 수고를 멈추지
않을 것이다

젊음

그 소중한 순간들을
창밖을 지나는 무심無心한 바람처럼
한 움큼도 잡아두지 못하고 그냥 흘려보냈지

오늘 내 앞에
바뤼흐 스피노자가 무덤을 열고 나와
사과나무를 찾는다면 어찌 설명해야 할까

보고 싶은 것만 보고
듣고 싶은 것만 들으며 살아온
내가 나에게 이제서야 미안하다

각기 다른 온도를 품고 엮어가는
저마다의 삶 속 이야기가
못내 궁금하면서도 외면하기 일쑤였고

세월의 무게도
경중輕重을 달리함을 공감하면서도
선택의 기준은 딱히 세우지 못했지

무용지물이 된 기록들은
걸림돌일 뿐이요
단호히 잘라내야 할 독버섯이라며

건망과 퇴행의 나날을 핑계 삼아
힘없이 깜빡이는 망막 안에
담아두려 하지 않았지

불타는 청춘 시절도
쇠잔과 혼미가 교차하는 순간에도
변별은 분명 필요했고

약관이든
이순耳順의 완숙함이든
칠순七旬의 덕스러움이든

끝내 놓을 수 없는
일상의 끈이었음을

부인할 수조차 없게 된 지금

폐일언弊—言하고

청천백일 하
추전墜典* 줄에 매달린 듯한, 초라한 일탈을 물리고
무너지기 일보 직전의 척주脊柱를 바로 세우는 것이 우선이다

千 年 前 쇠락한 왕조의 능에도
풀은 다시 돋아나고
오래전 솔바람 소리 아직 흐르고 있으니 말이다

* 추전墜典: 쇠퇴한 제도制度나 의식意識

202

죽음도 삶의 일부라던 詩人은…

잠시 머물다 물러나는 계절 탓인가 불현듯 사후세계死後世界라
는 단어가 뇌리를 스쳐 지난다
작은 변화에도 늘 두려움은 동반되지만 참담함으로 이어지지
않는 것이 순리요
자연의 법칙은 멍에가 아니라 거역할 수 없는 설득으로 귀결된다

개구리는 과연 경칩을 알고 겨울잠에서 깨어날까
대동강 물은 지구 온난화에도 왜 그렇게 늦게 풀리는 것일까
어느 고을의 도룡뇽과 청개구리(?)는 벌써 왁자하게 연못을 접
수했는데…

소유한 자가 주인일까
즐기는 자가 주인일까

다시 시작을 준비하는 검은 화폭 위에 그려진 그림처럼
숨죽인 아픔으로 몸살쳐 앓아누워 있던 상실의 계절이 서서히
몸을 일으켜
작은 꽃대 디밀어 새 세상과 만날 것이다

이제 축복처럼 찾아온 봄날은 오염되지 않은 새벽 맑은 공기로 정화되어

늘 맑은 바람이 불고 햇살 환히 빛나는 성숙한 여름이 또 가을이 오면

긴 터널 속에서 등불 밝혀 어둠을 지키던 가난한 이들의 메마른 가슴에도 시원한 흐름이 콸콸 이어질 것이다

하늘이 저리 청명한데
어찌 그날이 멀기만 할까

봄이 익어가는 움직임들이 여기저기 지축을 흔들어댄다
대동강 물은 풀린 지 이미 오래전 일이고
개구리도 벌써 게으른 잠에서 깨어나 올챙이 갈무리에 바쁘고
나물 캐는 아낙네들 아지랑이 어깨춤도 흥거운 것이
야트막한 구릉 넘어 파릇한 들판을 건너온 꽃향내음 머금은 훈풍이 잔치마당의 서막을 알린 게 분명하다

나목들도 참고 참았던 미소를 되찾아 차가운 먹물빛 비늘을 털어내며

돋아난 새싹에 연둣빛 고운 옷을 시침질하며
기억의 우물 속에 담가두었던 빛나던 시절을 소환해 약속을 실
천한다

우린, 지금 고샅길 지나 동구 밖을 나서면
어디서나 찬란한 봄과 만날 수 있으니
짧은 만남 긴 이별을 놓고 갈 계절에
생사화복生死禍福이라는 덫이나 올무만은 피해서 가보자꾸나

우선순위優先順位 그리고 흥정과 담판談判

변천사變遷(小)史는

말 그대로 변화무쌍한 순간들의 기록이다

어지러운 유소년기에는 말라붙은 시원始原의 점액을 떼어내느
라 애썼고

질풍노도의 시절인 청년기는 사랑의 열병에 시달리다 잊으려
는 고통보다 잊히는 슬픔이 크다는 걸 알아버렸고

나이가 먹어지면서는 오리무중 속이지만 정신줄만은 놓지 말
자는 생각에 끌려 살아내다가

스스로의 인생을 닮은 어느 가을날 즈음에서야

어릴 적 뒤뜰에서 숨어 우시던 아버지 눈물의 의미를 알게 된,
낙엽이 발아래서 바스락 맥없이 부서지던 날에 다다라서야

삶의 의미를 돌이켜 보게 된 것이다

왜 한 번도 나에게 친절하지 않았냐고 창백하리만치 내게만 차
가웠느냐고 악다구니 쓰던

이제는 만나고 싶어도 더 이상 만날 수 없는 사람과 시간

무척이나 소홀했었다고 생각되는 사람과 시간들이

지금의 나에게 꼭 필요하다는 것을 깨닫고

어떤 방법으로로든 용서를 하고 과거와의 결별을 실행해야 할 것이다

미안함과 부끄러움이 너무 많아 고맙다는 말조차 꺼낼 수 없는 내 인생을 놓고

이제부터라도 싫어하는 삶을 살지 않기 위해서는 인생을 골라서 살아야 하고

잃어버린 시간을 나에게 필요했던 시간으로 승화시켜

잃어버리면 다시 사고 싶은 물건만 사듯 남은 생을 그렇게 살아가야 한다고 다짐해 본다

먼저 챙기지 않은 것이 부끄럽고

목소리를 내는 것조차 조심스러웠던 것이 후회스러워도

등잔 밑이 어둡다는 것은 의외로 좋은 것이 많다는 뜻임을 깨달아 전화위복의 삶을 이어갈 것이며

어쩔 수 없는 일에 마음을 쏟지 않을 뿐만 아니라

사는 것은 잃어버린 것을 찾는 것이라 하니

막연하게 기다리는 노년의 삶을 지양하고 찾아 나서는 성숙한 삶의 철학을 실천하며 살 것이다

노화를 받아들이는 것은 감성의 영역이 아니라 지성의 영역이

라 하니
　책에서 지식을 얻고 여행에서 행동으로 옮겨
　비추어 세상을 알아가는, 주변에 머무는 이들과 서로 거울이
되어
　피차일반이라는 삶의 한 부분을 나누다 가리라

　스스로의 잘못을 용서하고
　과거의 나와 결별하며
　어쭙잖은 칭찬으로 마음을 부활시키려는 여담 한 마디를 멋쩍
게 꺼내놓는다
　죄매 덜 부끄러워질랑가 모르것네
　아님 말고…

　지금까지 살아오면서 내가 잘한 일 두 가지를 꼽으라면
　금연과 금주가 그것인데
　절연絕煙의 순간
　더는 원망 담긴 한숨을 토해내지 않아도 되어 그랬고
　단주斷酒의 결행으로 아쉬움 속 미련을 마서대는 습관을 버릴
수 있음이 그것이다

소실消失을 보며 세우는 촉수觸手는
생성生成의 예감豫感 - destiny -

　손금을 꼭 쥐고, 아니 움켜쥐고 태어났다 그 손안에는 몇 개의 선이 저마다 의미를 담고 자리를 지키며 먼 길을 떠날 채비를 하고 있었다 휘이휘이 살아가던 어느 날 생명선과 운명선 중 후자에 치중하는 스스로를 발견하곤 화들짝 놀라 생명선을 챙겨보니 부지불식간 두세 번의 고비가 지나간 흔적 말고는 특별한 것은 없었지만 바싹 마른 가슴팍을 야윈 손바닥으로 부딪치며 새겨낸 문신들이 마치 똬리를 틀며 감겨진 나이테처럼 또렷하게 남아 말갛게 나를 응시하고 있었다 손바닥 들여다보듯 다 알고 있다 생각했던 손안에는, 결국 손금을 믿고 손으로 잡으려던 것들의 거의 전부가 비좁게만 생각하던 손가락 틈 사이로 모두 빠져나간 후였으니 쫙 펼친 손바닥 위는 허공일 수밖에…

　손가락 끝부분에 정수리를 뚫고 내려온 햇살 한 가닥쯤 감겼으면 좋았으련만 그러면 내 이름 앞세워 한세상 잘 살고 가노라는 몇 글자라도 남기고 갈 텐데, 잘 견디며 극복한(?) 사람은 마지막에도 고독해야만 하는 것인가 한발 비켜서서 바라본 쓸쓸한 뒷모습 위로 텅 빈 하늘은 내 손바닥 위나 진배없었다

우문愚問에 현답賢答(?)

베인 곳을 서둘러 지혈을 해야 할까
우선 피를 짜내 감염부터 막아야 할까
고독한 노동으로 단련되어야만 사랑이 담긴 눈을 가질 수 있다
는데 과연 그럴까
눈에 보이는 것만이 세상의 전부는 아니라는데 밤은 무조건 고
요하다 단정 지어야 하나?

멈추지 못하는 시간은 공포스러울 정도로 생각과 생명을 얼어
붙게 하고 있는데도
예술은 인내와 고통 속에서 창조되어야 하고
향유자에게는 필히 감동을 주어야 하며
가슴으로 읽고 머리로 읽는 시를 못 쓸지라도
길동무나 차고 맑은 샘물 정도는 되어야 한다는데
스스로가 던진 말의 덫에 걸리지 않고도 자신만의 색깔을 입히
는 기적이 만들어질까?

고통의 실타래를 풀어 둥지를 만드는 새처럼 아집을 벗어난 완
벽한 대화를 통한 소통이
아주 드물게, 기대하지 못한 순간에 이루어져 나락에 빠져 허

우적대는 내게 영감을 줄까?

　어떻게 하면 독선과 오판으로 가득한 정신적인 과체중을 덜어 내고
　슬림하면서도 비옥한 마음 밭을 일궈낼 수 있을까?

　파도에 흔들릴수록 단단히 박히는 닻처럼
　혹여, 무거운 멍에로 바꿔 얹으면 버거움에 겨워 절로 치열한 삶이 살아질까?

　수많은 건반 위를 춤추듯 종횡무진하며 격정적으로 만들어 내는 회오리가
　내면 깊숙한 곳의 감성을 끌어내는 데 훨씬 성공적인 연주이며
　휘어진 듯 균형을 잡아 크는 소나무가 더 선호도가 높고
　굽이쳐 흐르는 강줄기가 산과 들을 구석구석 돌아내며 아름다운 세상을 만든다 하니
　환골탈태換骨奪胎에 앞서 우리가 먼저 기억할 것은
　혼자라는 독선이 아닌 우리는 함께 존재하고 있다는 사실일 것 같은데 겨우 詩的인 생각일 뿐일까?

무유공포無有恐怖(두려움은 없다)

1

삶과 죽음, 우선과 나중, 과거와 미래, 상식과 불통, 알파와 오
메가… 外에도 생략된 중간 과정은 어디에나 존재存在하는데
　그것은 고통, 과정, 현재, 갈등, 화해, 지금… 등의 끼임돌이 적
절한 시기와 모양으로 제대로 자리해
　그 역할을 다하지 못한 폐해일 수도 있겠지만
　그것들만이 전부는 아니라는 생각이다

　전자前者와 후자後者를 놓고
　그 중요성에 우선순위나 등급을 매길 수는 없겠지만
　위기와 절정의 외줄타기는 아니니 에둘러 소환하려는 변명거
리는 불요不要이며
　다가서면 쉽게 잡힐 듯한 경험 속 기억을 살짝만 들추어도
　간극을 좁히는 방법이 찾아지리라는 기대는 애당초 기우杞憂일 터

　중용中庸의 도道에 더해
　실기失期를 하지 않기 위해 늘 깨어있어야 한다는 진부한 얘기
보다

멈추지 못할 생애生涯와 딛고 선 발을 끌고 갈 묘수妙手를 찾는
것이 빠르지 않겠는가

지성의 뿌리와 감성의 근원을 찾아 헤매는 수행의 반복은 탐심
의 그늘을 벗어나려는 타는 목마름이다

2

언제부턴가
교차점에 서게 되면
나는 나에게
질문을 던지는 습관이 생겼다

계측計測과 제어制御에 관한…

늘 그렇지만
질문은 간결해도 답은 폭포수다
간극을 최소화하려는 긴장 속

작업이기에 치밀한 수치계산이 필수일진대
삼십육 점 오도, 붉은 생명의 원천인 심장은 애물단지요
변덕變德스러운 가슴도 훼방꾼이다

왜, 저마다의 두께가 달라야 하는지 그 이유를 찾아 헤매다
삶의 뒤안길에 접어들어
어렵사리 선택해 묻고 나서야 겨우 답을 얻게 되는 것일까

덧걸이는 아니지만 감정 컨트롤을 위해서라도
잃어버린 시간 곧 자칫 잃어버릴 수 있는 세대에 대한
AI 세대의 두려움은 잠식을 시켜야 하며
세대별 아젠다에서 우린
오래도록 기능 유지가 불가한 포유류가
패러다임의 변화나 강렬했던 경험조차도 제대로 들려주지 못
한 이방인이었다 인정하고
그들의 질문에 제대로 답을 해야 하는 것이다

위대한 소설가가, 사람도 자연의 일부라고 한 것은
모진 비바람과 거친 눈보라 뒤에는

반드시 넉넉한 가림막과 따사로운 햇살도 있는 것이 자연이니
늘 그래 왔음을 믿어야 하는 것이 인생임을 일깨워 주는 의미
담긴 권고라는 생각이다

고개 숙여 바라기는
모난 돌이 정을 맞는다 해도
지금 이 시대의 문제 해결을 위한 갈망을 잠시라도 멈출 수 없
다는
막연한 두려움조차 비켜 세우고픈
부끄럽지만 격한 생각이며
사랑하는 이들이 속한
알파 세대의 삶은
지금이
시작이며 기회요 돌파구이니 더할 수밖에…

상실喪失의 시대時代를 넘어

가까운 과거에
한 무더기의 먼 나라 작가作家들이
우리 민족의 얼과 혼을 배우기 위해 한국 문단文壇을 찾아왔다
고 한다
상실喪失의 시대를 마주하는 법과 지혜롭고 무리하지 않게 지
나가는 법 내지는
한국의 문인文人들은 암울한 시절을 어떻게 피력披瀝하고 또 넘
어가는지, 그 마인드를 직접적인 경험을 통해 알아보기 위해서란
다
저항을 하려고 해도 기력이 다하고 비축해 둔 에너지마저 고갈
되어
무너지기 일보직전
참담한 상황에서의 진정한 해방을 바라는 간절한 심정으로 우
리 땅을 밟은 것이다

과연 우리는
무작정 견디는 것 말고 무엇으로 답을 내놓을 수 있으며
과연 그들은 그들이 원하는 것의 지극히 작은 답이라도 손에
쥐고 갈 수 있을까

걱정이 앞서는 것이 부끄럽지만 솔직한 심정이다

새삼
상실과 연관된 죽음이라는 단어를 떠올리며
자연스럽게 물질과 인간관계의 연결고리를 찾고
각자의 역할이 만들어 내는 조직 속에서의 현실 적응력을 통한
정화작용을 거치며 발굴된
안정적인 언어를 발판 삼아 치유와 회복이 시작된다는 들머리
를 찾게 되고
삶을 향해 질문을 멈추지 못하는 프레임에
스스로를 가두는 희생도 아프도록 감수해야만
상실의 벽들을 넘게 된다는 현실을
있는 그대로 보여주는 것 말고는 슬프지만 특별한 대안이 없음
을 우린 안다

하여
충격을 최소화하는 것만이 긴 수명을 보증할 수 있기에
상처를 입어도 쉽게 아물 줄 아는 법을 터득한 우리를 덤덤하
게 내놓을 수밖에 없는 것이며

이미 던져진 주사위 같은 우리네 삶은
함부로 그 패를 바꿀 수 없기에
한층 강도가 높은 신진대사를 통해 최선을 다한 후
솔직하고 담담하게 행운을 기다리는, 요행수에 기대는 순간도
가끔은 필요하다는 것까지 꺼내놓아야 할 처지가 아닌가

그들을 의식해서가 아니라
그들에게 답을 내놓기 위해서가 아니라
진정
우리에게 필요한 것이 무엇인지
아니
없어서는 안 될 그 무언가가 무엇인지
우선순위優先順位에 초점을 최적화해 볼 필요가 있음이다

우리는
누구나 한 번쯤은 이뤄보려는 꿈을 향한 행렬에 동참했다가도
어느 순간 발을 빼고
일부러 낸 부스럼 정도의 결절로 더 이상의 데미지를 피해가려
는 매너리즘에 빠지기도 하지만

균형이 잡히고 요소요소에 고루 분포된 삶의 기본 에티켓의 범
주를 벗어날 수는 없음은 당연지사當然之事 아닌가

호기심이 너무 많아 탐욕스럽게 수관을 늘린 이유로
겨울이 왔을 때
침엽수 중에서 눈 무게 때문에 부러질 확률이 가장 높은 나무
가 소나무인 것은 당연한 결과이며
바람에 이리저리 흔들리는 나무가 보기는 좋을지 모르지만
미세한 균열龜裂로 인한 고통스러운 아픔이 동반同伴되기도 한
다 하니
삶의 과정 하나하나를 살펴 살아야 할 일이다

생존보고서 生存報告書

머지 않은 과거 어느 날까지 우자愚者는 메마른 삶 속에 머물러
있었습니다

타인他人과는 한마디도 얘기를 나눌 수가 없었고 누군가에게
한 줌의 마음도 꺼내 보여줄 수 없었으며 텅 빈 여백에 한 톨의
고독도 적을 수가 없었습니다

시를 알게 되면서

진정한 은유를 배우고
조건 없는 나눔의 뜻을 알고
무상으로 위로를 얻을 수 있었고
닫힌 마음의 빗장이 열리는
기적과 마주할 수 있었습니다

절반의
    사랑과 미움
    긍정 부정
    낯섦과 낯익음

주목과 외면…
사이를 오가던 방황을
멈출 수 있었으며

엉킨

　　씨줄과 날줄의 결박
　　모두가 나였다가
　　한순간 타인이 되는
　　불규칙한 들숨과 날숨에서의
　　탈출구를 찾을 수 있었습니다

초록별을 등에 진

곤한 잠 속에서는 누구나 빙그레 웃음을 지을 수 있다는 것을
알면서도

　희망 앞에서 몸을 낮추는 법을 터득할 묘수를 찾지 못해 서툰
작별로 안타까운 마음을 다스리곤 했던 족쇄가 하나둘 풀렸습니
다

　늘

벽을 만난 담쟁이,
사막을 걷다 지친 낙타,
쩍쩍 갈라지는 어둠을
한땀 한땀 꿰어 붙이는
별자리의 심정이던 어느 날

"인어의 눈물 속에는
잡힌 물고기가 남아있고

화가의 눈물 속에는
다 쓰지 못한 물감이 남아있고

신이 흘리는 눈물 속에는
세상의 아픔과 슬픔이 남아있으며

시를 사랑하는 사람의 눈물 속에는 다 읽지 못한 문장과 다 채
우지 못한 미완의 그릇이 남아있다"는 시詩 한편을 만나면서

어린 시절 말고는
　　　환하게 웃어보지 못하고
　　　마음껏 울 수조차 없던
　　　칙칙하고 무겁던 휘장을
　　　덥석 말아 갈무리해 두고

이제는
　　　거리낌 없이 웃을 수 있고
　　　진솔한 눈물의 의미를 알아
　　　그 웃음으로 세상과 만나고
　　　그 눈물로 미완의 그릇을 채우는
　　　중입니다

동기부여 動機附與

등장인물과 주어진 상황을 소재로 한 인과관계의 스토리를 이
어가는 과정에서
사람들은 한숨이, 숨 쉬는 샘으로 바뀌는
환희의 순간을 탐색해 내기 위해 스스로에게 기회를 부여할 때
가 있다

외적인 요인은 물론 자기인식, 자기규제, 열정 등
내적 요인들의 어우러짐과 긴장해소를 통한
기본적인 승자의 미소나 문제의 고차원적인 해결을 위한 행동
의 원천을 찾고자 함이다

곧, 의욕의 회복을 위해 내딛는 첫걸음이며
욕구 충족만을 위한 편협한 접근이 아니라
채찍질과 적당한 긴장감 속 자아실현을 위해
끊임없이 스스로를 다독이며 부추기고 일으켜 꿈꾸게 하는 긍
정적인 연결고리인 동기부여 動機付與는
경험이라는 자산資産이 크게 쓸모가 없다는 것을 알게도 한다

지극히

궁정적이라든가

도전적인 생각만으로
앞뒤 가리지 않는다든가

작금의
젊디젊은 영혼들이 추구하는

무한한 가능성을 찾아
돛을 달기 위한

한 치 앞도 보지 못하는 듯한
예측불허의 도모가

버겁기만 한 선택이 아님을
늦게라도 알게 해주는 것이다

언제부턴가 빗소리가 싫어졌다 벌거숭이 되어 뛰놀던 어릴 적
추억,

그 추억이 빛이 바래기 시작하고
인생의 단맛 쓴맛을 알기 시작하며
어른이라는 어색한 옷을 꿰차던 날이었던가

맞아!
분명치는 않지만 그때부터가 맞을 거야

내가 세상으로부터 받은 상처보다
내가 세상에 남긴 상처가
훨씬 더 깊고 크다는 것을 알아채며
무기력하게 무너지는 가슴 가슴에
깊은 골이 만들어지던 날이었을 것이다

질척대는 빈곤의 바닥이 거북스럽고
바지를 적시며 올라오는 찝찝한 느낌도 싫고
빨랫줄에 널어놓은 빨래를 고민해야 하는,
그것만으로 설명되지 않음을 알면서도
변명처럼 되뇌고 있다

쏟아지는 빗속에서
어이없게도
목마름으로 애타하며
거짓말처럼 기대하고 있는 나를 본다

염치없게도
빗소리가 위로가 되어
아잇적 해맑은 웃음이 되찾아지기를
바라고 있으니 말이다

하루하루 다른 느낌으로 다가오는
낯설기만 한 스스로의 모습에서
철저히 구경꾼이 된 나를 만난다

딱지 붙어 버려진 낡은 가구처럼
생명生命이라는 단어를 볼모로 잡고
셀 수 없이 많은 성을 쌓았다 헐며
건널 수 없는 강 앞에 선 암담한 발길

굽이쳐 흐르는 강물
끊임없이 다가와 부딪는 세찬 듯한 물결 소리가
질책과 노여움의 우렛소리처럼
내면을 훑고 지나는 칼바람 소리에 섞여
상한 가슴을 찢고 또 찢는다

의지적인 사랑과 감정적인 사랑 사이에서
온기 밴 손마디로 어루만져 주며
온몸으로 토해내던 그날의 사랑이
예측 불가한 세월의 끈을 부여잡은 지금
신뢰도 사랑도 힘을 잃어버렸다

캄캄한 밤 땀에 흥건히 적셔진 몸이
오히려 맑고 시원한 것은
혼자만의 어둠을 소유한 무한한 자유 때문인가

운명의 중량에 잠시 가라앉아 지켜볼 뿐
결코 슬픔에 겨워
눈물짓지 않으리라는 다짐을 하면서도

가슴이 없어 슬픔을 담아두지 못한다는
나비가 못내 부러운 건 왜일까
차라리 구경꾼이라면 그까짓 가슴 하나쯤은 없어도 좋을 텐
데…

꿈은 바람이 아니라 완성의 영역을 향해 가는 문턱이며
따라 내딛는 발걸음은 새로운 질서를 찾아가는 특별한 여행이다

생각과 발길이 머문 자리엔 세월이 떨구고 간 흔적뿐이지만
돌아뵈는 길은 저만치 애틋하기만 하고
다하지 못한 언어들이, 끝내 못다 부른 노래들이
별이 되고 달이 되어 어둠 속에서 빛을 따라 자리하는데
어설픈 그림자와의 대화만으로
과연, 그리움은 잠재워질까

회한悔恨

지독한 별천지를 서성이고 있었다
아니 철저한 아웃사이더였다는 말이 더 맞을 것이다

가슴엔 두텁게 이끼가 끼고 뻘겋게 녹이 슬어
상상 속에서도 마주하기 싫은 생지옥이었고
빈 들에 내팽개쳐져
날아오르지 못한 꿈 조각 몇 개 챙겨 들고 언어조차 잃어버린
채 떠돌고 있었다

타는 듯 목마른 갈망은
상승기류는커녕 다 타들어 가고 남은 잿더미로 잦아들고 있었고
물러나는 어둠처럼 흔적도 없이 사라지고 있었다

골든타임을 놓친 환자만큼은 아니었지만
버금갈 만큼의 응급 상황은
눈물조차 산화되어
토하고 토해낸 울음도 제풀에 지쳐 숨 고르는 소리만 나지막이
흘려내고 있었다

스스로를 향해 동의를 구하듯
직조음 섞인 탄성을 섞어 독백처럼 자학을 뱉어내기만 할 뿐이
었다

그때
단 한 번이라도 타인의 인생인 양 한 발짝 비켜서서 관조하듯
들여다봤더라면
제대로 된 척주脊柱*를 세울 수 있었을 것을…

* 척주脊柱: 척추뼈가 서로 연결된 기둥

고독孤獨

뒤돌아서 가도 길인데 왜 앞으로 가는 길만 길이라고 고집하는지
이제껏 나를 떠난 적이 없는 생生을 놓고
발바닥 굳은살처럼 아프지 않게 돌아다닐 수 있게만 해달라고
떼를 쓰듯 달려드는
한 번도 이겨보지 못한 나와의 싸움이다

삶이란 것이 간단치 않아 마주치는 모든 일들의 경중을 따지고
길이를 재는 것만으로도 버거울 때가 비일비재하니
윤곽만 남은 세월의 울타리에 갇히지 않으려는 조급함에
허공으로 묵묵히 사라지는 생生의 끝자락이라도 붙잡고 가기
위해
생각이 많아 점점 무거워지는 머리를
원근遠近도 채색彩色도 없는 먹빛 섬에 유배流背시킴과 같다

산다는 것은 나를 견디는 것이라는 일침을 비롯한
끝 간 데 없는 깨침과 직간접적인 섭생만으로는
헤집어진 폐부肺腑를 꿰매거나 걸개그림처럼 내걸린 치부恥部를
가릴 수 없다는 포기抛棄요 자학自虐이며 참척慘慽보다 더한 슬픔
이다

실금으로 갈라진 콘크리트 틈새에서도 생명生命을 키워낸

작지만 강렬한 에너지가 어딘가에 있어

눈에 보이지 않는 나이테를 키우는 나무처럼

유랑의 길목마다 지키고 선 애물단지를 피하고

찔러대고 조여오는 올무와 덫을 제거해

영혼과 육체의 간격을 좁히는 방법을 찾아

원고지의 칸칸을 빛나는 순수의 조각들로 채운 후

조촐한 잔치마당이라도 여는 것이

끊임없이 주변을 맴도는 상想도 념念도 비우는 지름길이 아닐까

절삭 絶削

밤새
힘겹게 달려온 미명이
숨을 고르며 태양을 토해놓는다

태양은
새벽을 깨워
아침을 선물하고

아침은
거침없이 황금빛 문을 열고
하루 속으로 들어간다

불면에 겨운 기억들이
등 뒤에 숨어 가슴을 헤집는
훼방꾼이 되기도 하고

처음 마주해
낯선 여정이지만
두렵거나 버겁지는 않다

만나지도 못한
내일은 왜 궁금할까

스치고 지나가는
타인他人의 삶이 아니라
스스로의 몫이라서 그럴 게다

설령
무저갱 속일지라도
묵묵히 채워가면 되는 것을

나름 내 인생이
쏙 맘에 드는 것은

우연히 만난
행운이 아니라

버거운 인생과 비교도 할 수 없는

소중한 이들과 함께하고 있음이니…

면도기를 들고
거울 앞에 서는 아침이면

묵은 세월을
아깝게 잘라내면서도
행복한 연유는 그 때문이 아닌가

덥석,

발행 ㅣ 2026년 4월 6일

지은이 ㅣ 김남주

발행인 ㅣ 신중현
책임편집 ㅣ 양성애
책임교정 ㅣ 박선아
마케팅 ㅣ 신호철

펴낸곳 ㅣ 도서출판 학이사
출판등록 ㅣ 제25100-2005-28호

대구광역시 달서구 문화회관11안길 22-1(장동)
전화_(053) 554-3431, 3432   팩시밀리_(053) 554-3433
홈페이지_http://www.학이사.kr
이메일_hes3431@naver.com

ISBN _ 979-11-5854-612-0 03810